ZUI

Zestful Unique Ideal

最世文化
Shanghai ZUI co.,Ltd

THE NEXT·COPENHAGEN

落落　安东尼
陈晨　琉玄　著

下一站
哥本哈根

长江出版传媒
长江文艺出版社

CONTENTS

目 录

童话的现在时

文／郭敬明

　　每一次"下一站"都是一次期待，而这一次我有了更多阅读这本书的理由。过去的"下一站"对我来说更像是一份关于旅行的回忆，而今，我也感受到了读者期待的心情。因为电影上的工作，我没能参与这一次的旅行，却也开始期待这本书里呈现的目的地，想要知道朋友们的旅行有过怎样的经历，想要了解哥本哈根——一座因为童话而闻名的城市。

　　这一次的"哥本哈根特派队"成员有落落、安东尼、陈晨、琉玄、胡小西、

Fredie.L，他们以各自的方式呈现他们眼中的哥本哈根，仿佛一个万花镜，哥本哈根在他们的笔下、相机里散发出各式各样的光彩。

　　最值得期待的当然是四位作家带来的小说，原本遥远的国度陌生的城市，在故事中有了温度和味道，各式人物带领我们走入那个地方，街道或餐馆有了进入的可能，人与人的心声有了沟通的桥梁，这是以小说讲述一个城市的魅力所在。何况，这一本书里，我们可以同时欣赏到四位优秀作家的小说，每一个人的切入点都独一无二，每一个人的故事都百转千回，这也许就是对于作家而言旅行的意义之一，也是对于读者而言阅读的意义之一。

　　除了文学性，这本书也秉承"下一站"系列的特点，实用性兼容。作家们将介绍旅行中令他们印象深刻值得游玩的地方，无论是声名在外的罗森堡宫、

哈姆雷特城堡、安徒生墓，还是少有人知的豪华学生宿舍、展览、食品市场，等等，带你领略不同于普通游览手册中的哥本哈根。此外，还有关于当地特色美食和米其林餐厅的"吃后感"，真是让人眼馋啊……

　　每个旅行者对于一次旅行中都会有独属于自己印象深刻的地点，而且很可能不是什么广为人知的名胜古迹，反而是在某些不起眼的不出名的地方，会遇到突然触动人心的景色，遇到那样令人难忘的光景。而在这本书里，四位作家各自记录下了他们心中那独一无二的"走过路过不可错过的地方"，这是书里很打动我的一个栏目，希望大家也能喜欢。

　　最后，当然少不了喜闻乐见的"囧事爆料"，可能和我个人的"恶趣味"有关吧，每一次的"下一站"系列，我最喜欢看的，都是这个版块。其实仔细

想想，人生也不就是这样吗，一群臭味相投的朋友，在一起嘻哈打诨，周游世界。多美好啊。这个沾染了"I WANT"气息的环节充满了一贯的心狠手辣（……），歇斯底里（……），尺度全开（……），是茶余饭后必不可少的甜品小食。

　　我想旅行之于每一个旅人都有着独特的吸引力，无论是开拓眼界还是互增了解，但最重要的，是旅行能够让我们更容易地与那个潜藏在内心深处的"自我"遇见。我们走过万水千山，最终与真正的自己重逢。在哥本哈根，一个模糊了童话与现实分界线的城市，旅人与自己的相逢也因此带上了诗意的色彩，平静地生活，绚烂地造梦——看完这本书，我有了这样的想法。

　　下一站，我们将会在何处与自己相逢？而在阅读这本书的你，是否已准备好踏上旅途，在下一站与自己相遇？

THE VOICE

落落 安东尼 陈晨 琬玄
胡小西 Fredie.L

落落

N
W ⊹ E
S

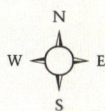

　　阳光很好很好，天蓝得无垠，海在触手可及的地方，还有安徒生和他的小美人鱼——我一直不觉得童话就是"美好""幸福"的代言词，但哥本哈根却是。

安东尼

之前去过一次 哥本哈根 那时候和萄慕在城里乱逛 当时留下了两个心愿 一个是在河的右岸 文物保护的老宅区域买一套房子 从上到下一共三层的 一楼二楼用来会客 烹饪 他可以住二楼的一个房间 这样子 不用上上下下 我住三楼 没事儿就在楼上宅着 把书桌搬到窗前 正对着河水和市中心 写不出东西的时候 可以望着发呆

第二个心愿是 服务于第一个 就是我们想把丹麦的热狗车卖去中国 丹麦的热狗非常地好吃 不像美国热狗那么大 那么张扬 又比宜家的热狗多了很多性格和滋味 简直是充满了设计感 又有人味 招人喜欢 我们俩甚至计算了成本 算出来要进口多少个热狗车 每天卖出去多少辆热狗才能在五年内 买下那个房子

离上次去哥本哈根已经一年了 当然这两个愿望一个都没实现 但是这次抱着同样的梦想又和伙伴们一起回到 这个我最喜欢的欧洲城市

陈晨

N
W   E
S

    哥本哈根是我第一次参加"下一站"的活动,也是我第一次去"高冷"的北欧。上海到哥本哈根十个小时的航程不算太遥远,哥本哈根虽然完全符合我的想象,但是也有完全没有想象到的部分。这个城市的每个部分都充满智慧,小到城市公共电动自行车、北欧菜,大到这个城市的垃圾处理方式、能源结构,还有城市规划。这个平静的城市总是用它独特的方式在阐述属于它自己的生活哲学。

琉玄

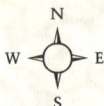

又和大家出来玩了，而且是童话王国，我最喜欢的超模出生地（……这里应该先提安徒生吧），是个诞生了许多天才和美人的好地方。

我是个慢热的人，上一次在那不勒斯和大家玩儿时还有些束手束脚，这次虽然没有载歌载舞，但至少敢在餐桌上说（可能并不好笑的）笑话了。

哥本哈根很美，在户外时我总感觉自己置身在 3D 巨幕中，湛蓝天空无比辽阔却仿佛触手可及，视野能向四面八方毫无障碍地无限延展出去，一切鲜亮而清新。

而我最大的收获是见识了落落究竟有多疯，真正的（疯之）女王……以及安东尼在皇宫广场做的瑜伽动作，还有陈晨叫我们过目难忘的当街魔舞……至于他们喝了酒之后做的那些事情，我觉得不适合在本书里详述。:D

胡小西

整座城市过半都是新兴的现代简约设计建筑，和中世纪古老的建筑物交相辉映，既现代时尚，又古香古色。因为天气多变，用于导览的地图是防水材料做的，可以展开来遮雨。当地人很注重环保，大部分人出行都是骑自行车。空气新鲜，云层很低。坐在室外吃饭，经常会有蜜蜂围绕着你的杯子转，有些一不小心就会落入杯中。

打开电视随便选了一个台，正在播放一档倒计时睡眠的节目 *vi vagner om 5 timer og*，画面里是各种睡眠场景，在户外的野营帐篷里睡，身边是草丛里的虫鸣和星空；在停靠海边的小船里睡，周围是缓缓冲击的海水浪潮声；老人、小孩、真人扮演成动漫人物，看他们睡觉你也会跟着眼皮发沉。

这就是哥本哈根，曾被联合国人居署选为"最适合居住的城市"的一个地方。

Fredie.L

N
W ✦ E
S

　　刚到的时候觉得这个城市和想象中的不太一样，可是待了几天之后又开始觉得它的样子开始和之前想象中的样子慢慢重叠起来。天很蓝，云很低，人们慢条斯理，简单地生活。这里有安徒生和他的小美人鱼，除此之外这个城市并没有太多童话的影子，但是空气中却能闻到幸福的味道。

第二天，太阳升起在海面上

文/落落

S 想不太明白到底是谁先招惹的谁，他记忆的开端就是 D 从走廊那头的屋子里走过来，屋子被淹没在夕阳的昏色中，于是 D 仿佛是湿漉漉地走来，从那里上岸的一条美人鱼。S 在那会儿忽然对 D 说"好美"，D 被他的声音打断在当下，两人头一回那么真实地对视了那么一秒。

那到底是谁先招惹了谁呢。关于"招惹"的说法，S 以为自己不是什么文艺青年，但他却认同这个用词，很轻却异常真实的煽动。煽动，还有拨动，撩动，然后下一秒消失，几乎让人以为全是错觉。什么都是错觉，犹如海面上的泡沫，太阳升起时就会消失，但泡沫的存在依旧毋庸置疑，它们挤挤攘攘，彼此压榨互相侵蚀，在光芒下又让这个灭绝的过程维持美轮美奂。

S 从那个傍晚中回到家，家里还没有人，妻子出门上班时换的拖鞋陈列在玄关，原本缀着的两颗手织草莓图案，不知道什么时候脱落了，露出布面下的绒絮。S 放下包，换了衣服，回上司的微信，上司在微信里老样子地数落他对客户太不强硬了，由着对方更改计划可怎么行，他也老样子地不当一回事，一连串的赔笑表情长长短短地发。

上司的微信里一个又一个"她""她""她"指代着客户，S脑海中是一个又一个从走廊那头走来的D，一个又一个，又一个。

S还记得最早那次会面时，一圈人分成甲方和乙方隔了一张大桌子坐。那真是个记忆模糊的会议，白蜡蜡的灯光在墙壁和桌面上一遍遍被反射，所有事物都让灯光照得扁扁的。上司急于促成合作，言谈中充满乙方格格不入的热诚，而D却被迫走神，手机攒在膝盖中间，处理和妻子的争执，为了今年的大年初一应该去谁家过，妻子给他发的消息凑起来也许够出一本书了，无甚新意的春节眼下频繁和"最后通牒"关联，大概也能算有了点新意。因而只在某些间隙里，S或许听见了D的声音，还有些生涩的语调，客套却冷淡的一个典型的甲方语调，和乙方不紧不慢地拉锯。因此甲方的D和乙方的

S之间那会儿还是隔着什么的，一张桌子，一面墙，一棵参天的树，或者隔着一个不可能。

  合作还是谈成了的，似乎转眼间的事，S和其他同事一起赶赴了新的工作场所，几百平方米的一个玻璃大罩子下面，装修的计划草案贴了满墙，然后十几个人进进出出，纸箱就堆了半山，到前面拐个弯，大堆白色的PVC板，塑钢扣板和木龙骨，瓷砖拆了一包，发现错了又退回去，机关重重的大玻璃罩子。S作为设计部的负责人之一，和工人一起住了几天，人很快乱糟糟起来，盘腿坐在拆完了的纸箱上吃盒饭，飞扬的尘土迷眼，他的牛仔裤旧出了新的时尚，一件藏青色上衣也让钩子挂出了洞，但S始终没有提起回一次家的打算。这天下午，S与装修工人核对完进度后返回，看见自己的位置——准确说是他一直当凳子使的一箱瓷砖——上多了一大摞的餐盒，有人路过S就逮

着问是什么，回答刚才客户来监工，顺便送来慰劳大家的。S当时还不知道"客户"到底应该落实成什么形象，属于"甲方"的人光是他打过照面的应该就有七八个，别提后面还有在丹麦总部的总经理副总经理们。但S弯腰去翻塑料袋时看见落在旁边的一枚发圈。黑色的，什么质地他不甚了解，总之毛茸茸的吧——S却忽然明白过来，是那个，那个不冷也不热语调的，隔了一张桌子坐在离他很远地方的D。

　　S把发圈捡在手里，犹豫了一下是应该收留还是处理掉，那边工人扯着嗓门找他，他顺手把发圈塞进了自己的外套口袋。

　　S从大学里闻名时，认识不认识的人都传言是"因为女人"，他在医院

掏出婚戒给女友的那一幕可是挂在校友论坛头条十几天的，六七部手机拍下的画面里，S看上去是真的温暖，真的体贴，真的帅气。回帖里一众女性头像都说王子似的啊，男性头像骂骂咧咧说明明装 × 的孙子。事情被发酵得无法收拾，S明知道女友用的体检报告是伪造的，日后必然有一个"战胜绝症"的结局等待亮相，但他不得不又老样子地妥协起来，无可奈何地想，女友都用上这种手段了啊，拼得都失了理智了，那怎么办呢？将她的计就她的计吧。到现在成婚两年多，妻子的"绝症"果然在"爱"的力量下早早地被治愈了，他也成了一个温和的年轻先生，有时候走神，有时候为自己是在想什么走神而进一步走神。

　　D是忽然走过来的。忽然地出现，S意识到时，D已经从自己身边擦身

走过了，D 觉得刚才那短短一秒两人好像是有过什么接触，很确凿的他被她碰到了她碰到了他的接触，接触的那部分身体还在酝酿还在醒悟。终于等清醒过来了之后它们才传递出明晰的信号，让 S 低头去看自己的口袋，外套口袋好像是变了点形状，S 伸手进去，紧接着他便抬起头，追着远去的 D，他发现 D 一手已经拿着从他口袋中抽出的发圈，正利落地把自己的头发系成马尾。她是和一大批其他的甲方一起，以及另外一大批乙方一起来的。她甩了甩发尾，继续就装修的细节逐一与旁人推敲。

S 怔着，脑海中演戏刚才被自己所错过的那一幕，发圈从口袋中露出，D 发现了，D 明白过来，啊，那是我的吧，D 于是走来，D 因此走来，D 朝他走来，从他口袋中径直抽走了自己的发圈。

S 觉得，他还是有一点不太明白的地方。

过了晚饭时间，S 抱着一堆色卡走向附近的餐厅，在那里他看见 D 在里面独自坐着，S 犹豫了一下，鼓起了些勇气推门进去。D 的马尾又解了，发圈套在手腕上翻着菜单。S 忽然意识到自己观察得过于仔细，他那些好容易堆齐的勇气又沙似的被吹得干干净净。S 在餐厅转了一圈就推门离开，然后一路上了出租车回家，回家后看见妻子踩着那双拖鞋，劈头盖脸地说今年春节反正她是死活都是要回娘家过的，S 一边打着哈哈一边钻进了浴室，水龙头开得哗哗响。

然后就是第二天那个淡紫色的黄昏了，那一整天大家过得都不怎么好。早上匆匆来了一个物业说得停工因为缺少某个证件，搞定了以后又接到消息说订了许久的一款地毡缺货，下午两个工人因为餐费的问题打了起来，S 去扯，倒让人狠狠甩撞到门框上，他从背痛向胸口。好在 D 来的时候什么问题都是烟消云散了的，S 从椅子上精疲力竭地站起来，想着总算能交出一个无风无浪的工作氛围，然后他便看见从走廊那头走来的 D。不带任何杂质的念头，S 只是认为那一刻非常美，从紫红色光线中脱颖的 D，背光的时候看不清她的面容，于是他认为 D 是在微笑的。他没有多想便脱口而出"好美"。

D停了片刻，须臾她朝S明朗地笑了笑"谢谢啦"。

晚上S走进附近的那家餐厅，D也在。两人分别坐了两张桌子。S的背从下午痛到入夜了，到这会儿更凶残了些，牵连到了吞咽，他一碗馄饨吃一颗就得做个轻微的扩胸伸展运动，D大概看不下去了，出声问"你怎么啦"。S说"没事没事"。D朝他仔细看了一圈，忽然举出一根手指"终于回过家了"，D接着说"衣服换过呀"。S那会儿就语塞了起来，等过去半天他才想起自己能说什么，他说"这你都注意到了"。D忽然有些得意的样子似的，冲他摇头晃脑了那么一下，并没有给予明确的解释，她怎么会注意到，她为什么会注意到。S只知道D完全不是最初时，隔着一张桌子，一份合同时形式化的职业性冷涩了。

他们前后走出餐厅，D在前两步的地方，解了头发，发圈套在手腕上。S问你怎么回去呢，D说路口打车吧，S说这附近这么荒凉，很难打到的。D忽然面朝S站，问他"那你有什么办法"，眼睛看得很直。S忽地咽了下喉咙，说"我也没有办法"。他是真的没有一点办法。

S从小就知道自己是那种稀里糊涂的个性，不好强不争胜，更愿意顺势而为，他和所有来自"必须""绝对"的风险都不打算发生关联，在"也行"和"就这样吧"里懵懂地寻找下一步，这套准则他操练得非常熟练了，人生算得上顺遂。他的个性曾经让不少因为他的外表而靠近的女生渐渐又离开，S是无所谓的，他愿意这样含含糊糊地度日，把"安全第一"的宣传口号一遍遍刷在人生信条上。

但S一路陪着D走过了四个路口，两个人一边聊着一边等出租车。多半是S在问，D简单地回答，好比D其实比S大一岁、好比D每年一半时间在国内一半时间回到位于哥本哈根的总部去、好比D告诉S说安徒生的墓有着高高的松柏，D说丹麦的硬币上都有一颗很小很小的心形图案，D说在哥本哈根骑自行车是最流行的，女孩们的腿都又细又长可美丽了，但还是

有一些问题D不想回答的，她不想回答时就用"干吗告诉你"耍赖似的带过去。D问其实你喜欢第一套方案多过第二套方案吧，但迫于资金压力，S就笑"干吗告诉你"。过一会儿S又问那今年春节你是去哥本哈根呢还是留在国内，D也说"干吗告诉你"。这一答，让S也有些自我困惑起来，他确实没有必要知道啊。但他非要跌跌撞撞似的硬拗一句，非要把话题曲曲折折地一直引向那个毫不安全的地方，他觉得自己有生以来第一次笑得如此不自然，"不要回去陪男友吗"。D果然有一丝表情的变化，她飞快地转身朝前迈出两步"干吗要告诉你"。

那晚S回到玻璃罩子的工地下面，所有发生自背脊的闷痛已经全部转移到了前胸。

　　关于 D 的事是之后隔了几条关系七零八碎听说的，其实 D 和那位驻派丹麦总部的大区经理有着"众人皆知"的关系，经理的发妻心情好起来就睁一只眼闭一只眼，心情差起来 D 就被扔回国内。听完这一串花样八卦后，S 的心情却是慢慢地回温了起来，他觉得身体里回归了那种无可奈何的热度。如果是这样的话，一点也不难揣摩 D 是怎样的人，她的所有行为和举动都是合情合理的，她有自带的危险可能并且毫不打算掩饰，她愿意直接地看你便直接地看你，她以为反正也不会更糟了吧，她自始至终带着这样的胆大妄为。

　　周日下午 S 回公司去取材料，在那里撞见来谈补充条款的 D，中间隔了大约两天没见，两人有些客气地笑了笑。S 刚在自己的办公桌前站定，D 从走廊上折回来问他，怎么你们的卫生间不能用了吗？D 想起来周末打扫阿姨

为了避免闲杂人把卫生间弄脏于是总要上锁，于是他找到钥匙替 D 开了卫生间门，但随后 D 忽然一把抓住他的袖子，"帮我把门锁一下好吗"。S 定定地点了头，在外面把门反锁上。反锁上后就觉得自己得守着才行。

时间仿佛过去了很久，久到 S 逐渐回想起来，方才在办公室里出现的几张属于"甲方"的新面孔，有妻子陪伴在旁的新面孔，让自己的上司赔得一副笑脸的新面孔。S 看向卫生间的大门，磨砂玻璃后始终什么动静也没有。他默默地等，当那位大区经理和自己的太太一同步出办公室踏上走廊时，卫生间的门也在同一时间发出了声音，D 在里面敲门，示意她好了，她没事了。S 朝一边看看，又朝另一边看看。

S 打开了门，但他拦在门边，D 瞬间明白了，笑了一个无知无畏给他看。

玻璃罩子下面的设计中心渐渐露出雏形，透亮的颜色，当初企划时就是为了贴合哥本哈根的童话风，这四十多天里 D 有时来，更多的时间看不见她的人影，尤其是当进入后期施工后她的出现便相应地大幅减少，S 在这四十天里渐渐地回家次数变得多了起来，有时候他会突然捏捏妻子的耳垂。

而 D 在这天的夜晚突然造访了工地，发圈系在手腕上，穿牛仔裤和灰绿色毛衣，带着一个四十出头的男同事一路造访工程的各个负责人，走到 S 面前，把重复了几遍的话再说了一次，这个工程日后由那位男士负责了，已经完成内部的交接，之后有什么问题请和他洽谈。S 看着 D，问"你要走吗"。也是他问出口后，才知道自己也不确定这个问题的边界到底在哪里。但 D 笑笑回答说"是啊，我要走了"。

S 送 D 出门坐计程车，老样子，没有变，两人走了四五个路口。S 问，你是回丹麦吗。D 说是。S 问就走啦，D 说下周。S 问回去干吗。D 说回去继续念书。S 问念什么。D 说之前一直想学设计。S 说那很不错。D 说嗯。

S 问所以你是真的要离开吗。

D 说是真的。

S 说你们分手了吗。

　　D站在一棵梧桐树下，微微点头，啊，分手了。

　　S说这样。

　　D说是这样。

　　S说也许是好事呢。

　　D笑了起来。

　　一辆空着的出租车在两人身边缓缓停了下来，S朝D看看，对她说谢谢，辛苦了啊，一路顺风。

　　D还是笑，坐飞机的话其实顺风不利于起飞欸。

　　S说我是说现在啦，现在，坐车而已。

　　D自嘲地耸肩，好吧好吧。

　　两人握了握手，然后S认为其实应该客气地拥抱一下，他在两人握住的

双手上用了一点力气，将 D 拉到胸前，依然是很礼貌地拍了拍她的背。但随后的刹那他意识到 D 整个人发抖起来，她使出的力气令她的身体支撑不住似的颤抖。D 将自己使了狠似的压着 S 的胸口。直到下一秒她又忽然将自己抽出，深吸一口气，对 S 摆摆手，"再见"。

S 确定自己的判断没有错，总有个开始，在那个开始里，是 D 的出现，她的出现本身就成为一种招惹，她从不束缚这种招惹。她像上了岸的一条美人鱼，而故事一开始，美人鱼的歌声就是带有危险性的。

S 独自往回走时，来自 D 的触感依然攀附在他的身体上，骨头中的不羁和愤怒，愤怒而无奈，最后是悲伤。

设计中心的工程一旦完工，剪彩仪式结束后 S 和他所属的乙方就宣告了

双方的合作结束。只在剪彩仪式上，S 站在众人里，看着大屏幕上投影的宣传资料片，里面有许许多多关于哥本哈根的影像，很多骑车的年轻人，高大漂亮，海水就近舔着城市的堤岸，天晴也蓝雨也蓝着。画面最后凝聚到小美人鱼铜像上，和所有人想象中不同，完全不同，她看起来特别寻常，摆在某个公园的某个靠水的岸边的一块石头上的一座已经有些磨得光滑的，连尺寸也小小的雕像。

　　故事里她最后化为了海上的泡沫。

　　看她的游客不少，但和国内公园里的人流数量相比依然非常普通，谁都可以靠近上去，有人甚至爬到她身边，跨坐着她，扯着她的胳膊，或者搂着她的头发。看起来实在是，没什么被特别保护和特别对待的样子。让观者都有些诧异，以及惋惜。

　　S 离开设计中心后一路走，他记得在离开前，和 D 之间还有过别的对话

　　的。D 上车了。她摇下一点车窗，S 俯低了身子。

　　他说祝你好运。

　　她说也祝你好运。

　　他说以后也许还会再见吧。

　　她说也许欤。

　　他说童话王国欤，我也想去看一看。你知道，很多童话最后都是这么结尾的"王子和公主幸福地生活在了一起"。

　　她忍不住笑起来，但是安徒生的童话，几乎从来没有这样结尾过。几乎从来没有过。

旅程随笔

文 / 落落

罗森堡宫

豪华学生宿舍

  位于丹麦哥本哈根大学阿迈厄岛校区的 Tietgen 学生宿舍是一所颇具名气的建筑，而它独特的设计灵感却来源于中国的传统建筑——客家土楼。抵达参观时正逢假期，留宿的学子不多，整个宿舍空空的，下雨天，拥抱着楼中心的绿色草坪。

  和之前所见过，包括所设想的不同。格外漂亮而别致的地方，规划得令人充满惊喜，各个区域拥有自己的厨房，活动室，餐厅，图书馆或者会议间。连信箱都标识上了完全不同的色彩，我去找了一下自己的 430 号信箱。

  所以是更接近梦想中那样，年轻人生活的状态，独自或与一个伙伴合住一间屋子，灰蓝色的墙壁，白色的地毯，原木色的书架桌子。然后到了吃饭时间，彼此招呼一下要不要一起，大家就聚集起来，呼啦啦地把厨房摆成一个家庭的样子，切菜的切菜，调味的调味，想起今天新闻上报道的内容，想起昨天遇到的那个男孩或者姑娘，明天还能干点什么，年轻的时候不需要去明确地想，它们总是蓄势待发着。圆形的宿舍，入夜后能看见对面同样亮起的灯光，也许到了某个节日，阳台上亮满了发光的圣诞树。

  这样想着，不由得就会羡慕得整个人都温柔了起来。

  哥本哈根在我印象中始终是个半透明的城市，它不大，颜色饱满而通透，散发着异常年轻的气息，而这所代表性的建筑，就是这样在城市里，一个"不会变老"的象征。它以自己鲜明的形式感和空间，建筑出的气场让所有肆意的可以肆意，生长的可以生长。来自美国的，德国的，中国的，到后来就和地域没有关系。天气好了，草坪上躺满修长的肢体，书的知识被阳光二次分解呼吸入体内；天气不好，就溜回宿舍去好好想一想生活，想一想命运，想一想爱情也可以，再想一想未来。

四爷点评：

　　……写个学生宿舍都能写得这么美，女人，你太气人了！（落落：那是人家哥本哈根也很美啦！）

　　哼，我要躲回我的豪宅里面去好好想一想生活，想一想命运，想一想爱情，想一想未来！（编辑：四爷，你可算来公司了，快交稿！）（……人和人的差距，也是太大……）

游走乌托邦

落落 安东尼
陈晨 琉玄

落落

　　我记得小时候女孩子都喜欢玩这样的游戏，建筑一个属于自己的国度，在里面只当一个公主，然后制定自己的法规，不管那法规本身有多么天真滑稽，但至少有片国度是可以彻底自由的，允许自己去随意设想……所以当彻底了解"克里斯蒂安那自由城"之后，始终觉得很吃惊。这片占地34公顷的社区位于哥本哈根的东南角，原为军事基地。丹麦海军从这里撤走后，不同背景的人群开始涌入，最终成为一个独特的公社，成为一个"自治"的"小城"，实行自己的无政府主义，有自己的法律，有自己的管理组织。墙壁上布满了涂鸦，古老的藤蔓爬得密不透风，整座自由城就这样慵懒地看着你，告诉你不用愁，什么也不用，可以去前面的酒吧喝一杯酒，到运动馆去玩一玩滑板也好，逛逛内部的二手市集，或者只是什么也不用做，在河边同样慢慢地看远处的高大烟囱，和外面那些标准哥本哈根的"透明色"大相径庭。

安东尼

去哥本哈根以前 我们就拿到了行程单 其中一天写着 克里斯蒂安那自由城 后面有标注说 禁止拍照 听从安排 当时就在想 这自由城到底是一个什么样的地方 搞得特别神秘的感觉

我们一行人来到 Christiania 其实这里离市中心很近 算是一个城中城 入口处有个高高架起的大牌子 上面红底白字写着 Christiania

进去以后我们被带到一个 类似废旧的公寓楼里 里面到处都是涂鸦 在书店的一旁 导游让我们坐下来 这时候自由城的一位负责人 走过来和我们打招呼 他看起来四五十岁 眼睛明亮 脾气很好又读了很多书的样子 他说欢迎大家来到 Christiania 接下来开始为我们做一些讲解

原来 自由城所处的区域之前是丹麦的海军驻扎基地 1971 年丹麦海军撤离后 这里就变成了废弃的土地

那时候欧洲大闹学潮 反传统的"嬉皮士"盛行 海军撤离后 一些激进的学生和青年伺机"闯入"这里 占据了其中一部分营房 建起了不受政府管辖的"自由城" Christiania 这里有自己的旗帜 红色的底 上面有并排的三个黄点 这三个点也没什么别的意思 就是 Christiania 上面的三个点 我问那这两个颜色代表什么呢 比如 我们中国国旗是红色的 代表烈士的鲜血 让我们不要忘记是有很多人的牺牲 才有我们

现在的好生活 大叔笑说 也没有什么意义 据说因为当时画国旗的时候 正好有红色和
黄色的油漆 所以就成了这个样子 我笑 心想也真是随意

　　这里有很多属于自己的规矩 比如不许私家的机动车和非机动车行驶 唯一允许的
交通工具是一种倒骑的三轮车 这里反对枪支 反对暴力 反对毒品 但某种违禁品在这
里不算毒品 这里几乎什么地方都可以参观（卖违禁品的区域也不例外） 但几乎所有
的店铺内都不让拍照 这里到处都可以看到不许拍照的标志 那大叔还特别叮嘱说 卖
违禁品的那个区域 也就是 Pusher St 是绝对不可以拍照的 去到那里的时候要把相机
放到包里

　　出了这个建筑后 我们先来到一个厂房 这里面有很多男生在玩滑板 有一些男生
见到我们的讲解大叔的时候 就主动和他打招呼 我理解大叔可能是自由城元老级的人

物 后来我们就来到 大名鼎鼎的 Pusher St 与其说是一条街 其实更像一个 周末集市 上面有各种各样的小摊位 有老板在贩卖 离得远远的就能看到墙上 禁止拍照的标志 李安 还有小西把相机放到书包里 大叔先走上去 和其中一个摊主握手问好 等的时候 我就能闻到这个区域浓浓的违禁品味道了 我指着花坛里一个植物 告诉落落说 这个 就是违禁品 落落问真的吗 我说真的 她调皮地说 你挺了解啊 我说我之前用过一个护 手霜就是违禁品提取的 包装上有照片 和这个一模一样 她将信将疑的样子 这时候大 叔召唤我们过去

摊位上的违禁品 零零散散的 有的在铁罐里装着 有的在玻璃瓶里装着 摊主指着 玻璃瓶里的说 这些都是高级的 价格会是一般违禁品的两三倍 说着他递过来一瓶 打 开瓶口给我闻一闻 我认真地闻了一下 不知道是不是心理作用 闻了之后一下子觉得 脑袋里面空空的 这里摊位总共有二十个左右 每个摊主都很放松的模样 有的在听音 乐 有的在和朋友聊天 有的在抽烟／违禁品？ 我们在那里没有待多久 和摊主告别以 后我们就继续参观别的区域

边走着 我和大家说 我觉得刚才我闻的那个违禁品起作用了 我觉得迷迷糊糊的 陈晨对我翻了个白眼说 你也太夸张 我们在村子里逛 我觉得自由城和哥本哈根市内 形成了鲜明的对比 城市里非常地帅气 规矩 相对来说这里就松散闲逸很多 街上的行 人脸上似乎写着爱与和平 六七岁的小孩也俨然大人模样 一个骑自行车的小孩和大叔 打招呼 大叔说 你的新车很好看 他说谢谢 一脸认真又骄傲的模样 给人感觉 这小孩生 长在天地间 而不是襁褓中

自由城对游客实行向导旅游 这是最好体验自由城特殊氛围的方式 向导大多在自 由城里居住了很长时间 他们每人都能叙述他们个人对这一特殊小社会的观点

四爷点评:

莫名想起了上次我们在庞贝古城里面参观红灯区的感觉……尼尼一直都是走 drama 路线，我懂他。他的人生，不抓马，不苏服。

陈晨

　　克里斯蒂安那自由城是个现实中的乌托邦，它对自由的诠释是极为现实主义的：一个无国籍、无政府、无法律、无领导的自由区域。那么问题来了，如果在自由城里发生了抢劫怎么办？当地的向导告诉我，那也真的没什么办法，丹麦的警察甚至都很难介入。我又问向导，如果这里无政府无法律，偷渡客是不是就可以居住在这里。向导说，理论上是的。但是，自由城几乎没有旅店，外来人口很难找到居所。而且，如果想偷渡到自由城，还得先想办法偷渡到丹麦呀。是的，就是一个危险，甚至充满一点奇幻色彩的区域，真的很佩服丹麦政府的宽容度。城里到处都飘着违禁品的味道，贩卖违禁品的小店也是随处可见。我们路过一个卖违禁品烟的小店，安东尼突然说，我觉得有点晕。我默默地翻了一个白眼，心想你也太夸张了吧！明明是你昨晚喝太多酒好吗！我们离开的时候，天色刚刚入夜，恍恍惚惚地走到城外，已然是另外一个安静、充满秩序的世界。往回望一眼，身着 hipster 风格的人们依然在城里享受着自己的世界。入夜了，当游客们散去，自由城的面纱似乎才真正开始揭开。

琉玄

这座城中城不受政府的法律约束，在这儿生活的人们有自己的规矩，还有自己的旗帜，有许多在"外面"违法的事情在"里面"是合法的，或者说是无法可依的。

在城里走动时，陪同的翻译不断警告："不要拍照，有些地方你举起相机可能会惹到麻烦，在可以拍的地方，我会告诉你们的。"

虽然听起来很恐怖，但其实我们没见到什么凶神恶煞的人，那种美剧里常见的危险分子聚众的画面并没有出现。虽然人来人往却秩序井然，只是建筑物比较陈旧，许多墙面上都有涂鸦。原住民和外来游客很好区别，他们衣着朴实不追求时髦，身上散发着那种无论外界千变万化，是鼎盛或荒芜，都与我无关的酷劲儿。

因为没有政府管束，这里面有一条街种满了违禁品，如果不说，我只觉得那是普通的灌木丛。

我们路过了几个正在制作违禁品的摊位，有些烧焦了的气味飘散出来。

安东尼突然说："我觉得我有点儿不舒服。"

我说："不是吧？我什么感觉都没有。"

陈晨翻了个白眼说他："你太夸张了你。"

虽然大家都嘻嘻哈哈地开着违禁品的玩笑，但心里还是有点儿介意吧，所以飞快地穿过了这条街，走出城后，陈晨问我："好玩么？"

"我觉得挺好玩的。"——城里有种"在世外"的颓废美感。

"那你会想住在里面么？"他问。

"不会，完全不想。"

他说："我也是。"

自己想过什么样的人生——只要不妨害到其他人——决定了就去过，若是要伤害自己的身体，选择了，也为结果负责了，那外人也无话可说。

人生有许多很酷的模样，只是有些人喜欢的，我不会选择就是了。

四爷点评：

……我一晃眼先看到的是"那些烧焦了的气味飘散出来"，然后安东尼就说"我觉得我有点儿不舒服"……我以为是尸体烧焦的味道……我还有救吗？不过不受法律约束的城中城，实在是很像小说或者电影设定里的故事背景地呀！

狐狸镇

文 / 安东尼

　　狐二第一次遇见狐大是在那个深秋

　　他并不清楚那是狐大度过的第几个秋天　只是远远地看着狐大追捕一只野兔的美姿　便觉得狐大一定知道很多事情　他偷偷地跟在狐大身后两天两夜吃他吃剩下的一条兔子腿　或是一只野鸭的翅膀　他自己以为隐藏得很好　可是满月的夜　狐大突然出现在他身后　狐二才发现　其实自己早在两天前第一次跟踪狐大的时候　就暴露了踪迹

　　"你这种半岁多大的狐狸崽儿其实是很多猎手捕猎的最好目标　你知道吗"狐大摇着尾巴绕着狐二打圈圈

　　狐二有些害怕　可是莫名来的勇气让他一直正视狐大的目光　他总觉得最可怕的事他已经面对过了　再也没有比那一夜醒来发现妈妈无声无息地躺在身边　身体却不再温暖让他更慌乱无措的事情了　而现在　他面对狐大　尽管此刻他还不知道他叫什么　甚至发觉对方似乎怀抱着某种敌意　但狐二咬咬牙　摇着耳朵说"可你总是在路上给我留了点吃的了　不是吗"

　　狐大脸上的凶相凝固住　尴尬地皱皱眉　有些不耐烦地说"我不要　吃不完了而已"接着　他跑过去　近距离地嗅了嗅狐二　闻到他身上的气味　继续说"你

不是这片林子的家伙 为什么会跑到这里来 你妈妈呢 秋天快过去了 你不赶快回到你妈妈身边 是熬不过这个冬天的"

狐二是初春出生的 万物初始的季节 他只见过夏天 连秋天是什么他都远远没搞清楚 从狐大嘴中听到冬天二字更加不理解 他眨着眼睛说"我正要去找妈妈" 狐大呼出一口气 说"那你快去吧 满月夜是狼群出没的日子 一不小心你就会被吃掉的" 狐二见狐大转身要走 赶紧抢先一步跑去他前面说"那你能告诉我狐狸镇在哪里吗" 狐大怔住 盯着狐二重复了一遍说"狐狸镇?" 狐二快速地点点头说"对 狐狸镇 妈妈说她去了那里 所以我要去狐狸镇找她" 狐大重新皱起眉头 思考了一会儿 问道"你妈妈是什么时候告诉你她去了狐狸镇?"

狐二想起那一夜 突然有种想哭的冲动 虽然他还不懂那是什么 但总觉得很不舒服 不过为了给狐大解释清楚 他控制住了情绪 慢慢说道 是几天前 妈妈步履蹒跚地回到家里 身上沾满了血 有些虚弱地舔舔狐二的毛 告诉他让他去西边的树林 因为家里不安全 妈妈已经虚弱得说不清话 但依然用力地舔着狐二的毛 狐二问她为什么要让他自己去西边的树林 为什么妈妈不去的时候 妈妈咧开嘴说"因为妈妈要去狐狸镇 那里有很多只狐狸 非常美" 狐二还没来得及问妈妈为什么不带他一起去 妈妈便闭上眼睛睡去了

狐二尽量想将这件事情讲得清楚 他不知道狐大有没有听明白 也不知道狐大到底知不知道狐狸镇在哪里 只看到狐大一声不发地沉默了好久 半响 狐大坐在地上 眯起眼睛朝月夜吼叫了一声 一时间树林里响起了持久的回声 回声之后 便是更加沉默的无声 狐二感觉自己都快睡着了 突然听到狐大的声音响起 用低沉的声音说"我知道怎么去狐狸镇 但是冬天快到了 等冬天过完 我再带你去" 说完 他起身超过狐二 狐二就着月光 看到狐大伟岸的身躯的影子朝自己压来 一时间对他意味不明的话没有反应过来 狐大踩着树叶咔咔作响 远去的脚步声突然停下 转身对狐二严厉地吼道"还不跟我走 想要去狐狸镇的话 先要保证自己不被狼群吃掉"

  狐二赶忙转身 一步一个脚印地跟上狐大的步伐 从此 匿名跟踪变成了名正言顺的小跟班

  在冬天到来之前 狐二跟着狐大去打猎 他学狐大的样子缩在干枯的草地里 等待肥美的野兔钻出洞的那一刻 等待的时候 狐二总是忍不住要跟狐大说很多话 他问狐大多大了 家在哪里 平时有什么爱好 狐大要么沉默 要么一两个字打发过去 唯有在教狐二打猎的时候 才会多说些话 狐大说 秋天的兔子最肥最好吃 而且跑得最慢最容易被逮到 但正因为如此 他们才不愿意出洞 所以你必须有耐心 你要忍住饥饿 忍住欲望 忍住打草惊蛇的冲动 潜伏起来 等到兔子放松了警惕 他们就是你的了

狐二问他"为什么秋天一到 大家都一副慌慌忙忙互相追的样子"

狐大说"这是为了冬天做准备 到了冬天 一切都进入沉睡 这片林子将停止供给 所以我们必须要在冬天到来之前储备足够的食物 否则冬天就会饿死"

狐二终于问他道"冬天是什么"

狐大久久没有回答 久到狐二以为他又一次忽略了他的问题 索性不再去追问的时候 才听到狐大突然开口说"冬天是忍耐的季节" 他紧紧盯住野兔的洞口 像一个训练有素的猎人 眼睛露出可怕的寒光 可是他的声音无比轻柔 像是在诉说一件因为优雅而亘古不变的真理 他说"冬天就像我们潜伏在兔子洞口 忍耐再忍耐之后 便是好事的发生 只要忍过了冬天 一切都会好起来"

狐二不假思索地接着说"就比如忍过了这个冬天 你就能带我去狐狸镇找我妈妈了吗?"

狐大有点踌躇 但很快他肯定了狐二的说法 说"差不多就是这个意思 你以后还会遇到很多个冬天 有的冬天长 有的冬天短 但是你记住 一定要忍耐 把冬天忍过去了 就一定会好起来" 说完 狐大突然一个跳跃 身体如剑一般飞了出去 迅雷不及掩耳的速度 狐二还在细细咀嚼刚才狐大的话 一抬头便看到狐大嘴里叼着一只肥大的兔子 由此带来的喜悦 让他觉得 冬天似乎并不是什么坏事 更何况 冬天就在狐狸镇之前 过了冬天 到了狐狸镇 就能见到妈妈了呢.

冬天比想象中来得快 经过一个秋天 狐大把狐二喂得比之前胖了一圈 身上的毛发也比之前蓬松了许多 经过这个秋天 狐二学会了如何给自己搭一个舒适温暖的小窝 有狐大这个经验丰富的教练 狐二已经可以捕到一两只地鼠 狐大从不口头上对狐二进行表扬 他不像他的妈妈 看到他有丁点儿的进步都大呼小叫 但狐二能明显感觉到 当狐大看到狐二叼着第一只猎物来到他面前时 眼中透着骄傲 无意中 狐二听到狐大跟隔壁树上的猫头鹰聊天时说到 别的崽子这个时候还在吃奶呢 他能做到这些已经很不错了

　　狐二听到这样的话 心中又感到了久违的落空 仿佛失去了某些珍贵的事物一样莫名地难过起来 但很快 他忍住了这些情绪 虽然还无法收放自如 但狐二已经可以做到忍住眼泪和悲伤

　　整个冬天大部分时间狐二和狐大都待在窝里 打猎的时间变成每周一次森林果然进入了匮乏的荒凉期 万物沉寂 没有一丝生机 可毕竟狐大是个老手弹无虚发 每次他出行总有收获 狐二跟在狐大身后蹦跳着雀跃着 他摇着尾巴问狐大为什么你这么厉害 为什么你能这么厉害 狐大有些不屑地说"等你长到我这么大就知道了"狐二问他"那该怎样才能长到你这么大呢"狐大说"哟那得过好多个冬天吧"可是当狐二问到狐大究竟有多大时 狐大闭口不谈 狐二跑去问隔壁的猫头鹰 他似乎是这片林子里狐大唯一的朋友 猫头鹰挠挠头

说"嗯 那老家伙啊 反正不小了 是只狡猾的老狐狸了 这林子的鸟啊虫啊都怕他 连狼群也都避讳着呢" 随着冬天的深入 狐大的睡眠时间明显变长 有时候一睡就是两天 虽然狐二也总是打盹 但他能感到狐大在某些方面的力不从心比如 他突然发现狐大居然有空手而归的时候 比如狐大跳跃的一瞬间产生了迟疑的片刻 总之衰老是一夜之间的事情 纵使他与狐大才认识了秋冬两季 却觉得自己已经陪他走过了一生

　　狐大最后一次带着狐二巡视这片森林是初雪的夜晚 狐大又一次告诉他哪里的地势适合捕猎 哪里适合挖洞 突然他开口道"再下一场雪之后 等雪化了 春天就会来了 田间的兔子会下很多小兔子 如果逮到母兔子就把她们放了没有母兔子的小兔子很容易死掉 这样你来年就没有吃的了"狐二经过一个

冬天的成长 已经明白了很多道理 他懊恼地说"比如去年秋天时的我吗？"
狐大没有回答 转了一个话题说"我可能马上就要去狐狸镇了 春天来的时候
你有什么话想让我带给你妈妈吗？"

　　狐狸镇这个词又一次来到狐二的脑海中 片刻的陌生之后 他竖起耳朵说
"等下 为什么要你帮我捎话 你说你会带我去狐狸镇的" 狐大垂下头说"你
现在还不是时候" 狐二说"你是怕我拖累你吗 不会了 我现在会自己捕猎自
己搭窝 不需要你的照顾" 狐大说"那就好" 狐二说"什么叫那就好 你说过
要带我去狐狸镇" 狐大不回应 在雪地中坐下

　　"骗子" 狐二丢下这句话 转身跑开 直到最后一场雪化掉 他都没有再去
见狐大

　　其实当时狐二并不是多么生气 更多的是害怕 他想起了秋天妈妈告诉他要去狐狸镇之后的那一夜 那种面对分别的悲伤和恐惧在狐大说出"那就好"那一刻又一次袭来 狐二仿佛睡了好长的一觉 一睁眼 发现地上所有的雪都化了 森林又恢复了一片生机 那是他生下来第一眼看到的世界 周而复始 一切又重来了一遍 一切又变得熟悉了 唯一不同的是 狐二身上那些灰溜溜的绒毛全部褪掉了 换成了和狐大一样的油光发亮的皮毛 甚至比他的还有光泽 他想去找狐大炫耀　可是找遍了整片树林都没找到 隔壁的猫头鹰似乎没有狐二那么失落 他说"狐狸死的时候都不希望让别人看到 你应该相信他 他不会让自己死得很难看的"

　　死亡这个词在那时第一次具体地出现在狐二的脑海中 这个词似乎把一切都说通了 妈妈的睡去 狐大的失踪 还有那个好像根本不存在的狐狸镇

　　直到很多很多年后 狐二已经彻底明白了死亡究竟意味着什么 才发现在第一次知道这个词时并没有明显感觉到特别的刺痛

　　很多很多年后 狐二在满月的树林里 遇到一只未足岁的小狐狸 怯生生地问他"你知道狐狸镇在哪里吗" 那一瞬 狐二才终于知道了比死亡更强大的力量 对死亡的未知 是最后留守的天真 为了维护这些天真的力量 足以柔化所有的痛苦

　　老年的狐二踱步走到这只小狐狸身边对他说 "我知道怎么去狐狸镇 但冬天快到了 等冬天过完 我再带你去"

旅程随笔

文 / 安东尼

Hans J.Wegner 展览

去丹麦设计博物馆 算是我这次丹麦旅行最期待的行程之一 从出国开始接触到北欧设计以后 对丹麦的设计品牌的爱就一发不可收拾

Hans J. Wegner 是我最喜欢的丹麦家具设计师之一 他所有的作品里 椅子尤为著名 所以又被称作椅子大师

曾经看过这样的文案 "当我累了，但不能睡去，我需要一把 Hans J. Wenger 的椅子。最舒适温存的椅子。"他的设计总是简洁得如此让人温暖 也许越是简单的美和喜欢 越不会厌倦 十年 二十年 五十年愿意在这样一把椅子里 舒适地与它融为一体

"在人坐上之后，一张椅子的设计才算最终完成。" Hans J. Wenger 这么一把椅子出生的时候就是为了某个人而存在 只有每个线条为这个人扭转 完完全全奉献给这个人间设计 才能成为一把最终极椅子 这些简单的形式 却美得浑然天成 纯净 典雅 平衡 让你可以全身心地将自己交给它 "最好的设计就是没有设计。"

Hans J.Wenger 不愧称作 "the chair-maker of chair-makers。"

四爷点评：

感受到了尼尼发来的恶意……明明知道我最喜欢买椅子，还要写这种吊人胃口的介绍来刺激我……当然，Hans J.Wegner 的椅子，我也买过几把，价格真的也是 "满满的恶意"，但是，真的很舒服啊！

Tivoli 公园

童话王国丹麦有一个世界上最古老的游乐场——趣伏里（Tivoli）里面有许多有趣又好玩的娱乐设施 虽然迪士尼游乐园的名气远大于 Tivoli 但迪士尼是在 Tivoli 开业 100 年之后才建立的 据说迪士尼的创始人沃尔特·迪士尼就是多次到 Tivoli 游玩后才获得的灵感，建立了迪士尼乐园"

我们在丹麦住的酒店也叫作 Tivoli 是这个游乐场的主题饭店 房间的门是大红色 推开以后似乎进入了胡桃夹子的世界 床 茶几 衣柜 沙发 似乎都是积木变了比例 躺在床上就坠入童话里

"Tivoli 是最受丹麦人宠爱的童话公园 几乎每个丹麦人都会多次光顾这里 很多人都喜欢把 Tivoli 倒过来念——I lov(e) it 以表达对它的喜爱 Tivoli 于 1843 年开放 据说公园的创始人乔治·卡斯坦森先生当年梦想建立一个富有异国情调的游乐场 于是"忽悠"国王克里斯蒂安八世说'当人民自娱自乐时，他们就不关心政治了'国王认为这是维护统治的好办法 就下令乔治先生建造了这座北欧最著名的游乐场"

Tivoli 公园每个周六夜晚都有精彩的烟火表演 每年的夏季（4 月～9 月）都会举行免费室外音乐会 除了乐队表演 各式各样的童话剧 芭蕾舞剧也将免费上演 大人小孩或坐或站观看表演 乐园里灯火通明 人们往往忘掉了外面的城市

安徒生墓

安徒生的墓 位于市中心的 Assistens Cemetery 建于 1760 年 是地处城市中心的
一个大植物园 里面非常地安静 干净的主道两旁有笔直的高树 除了安徒生 这里还有
上百个墓碑 有舞蹈家 诗人 画家 科学家……

去的时候天有一点阴 我们在公园里找安徒生的墓地 正好有人路过给我们指了方
向

那墓碑的形状非常简单 上面也没有什么花样 我们几个围在那里 我忘记我们说
了什么 可能气氛沉重 落落说了有趣的话 我们都笑了

那时候我在心里想着之前读过的 安徒生的遭遇 他出生在一个贫困家庭 父亲是
一位鞋匠 体弱多病 母亲是一位洗衣工 十一岁的时候他父亲去世 他辍学做裁缝学徒
还在一间香烟工厂工作 那时候经常有人觉得他是一个怪人而欺负他 再后来 他尝试成
为歌剧演唱家 却因为嗓子坏了 而再次失业 后来因为朋友 考林的介绍在国王的资助
下 去学校学习文学 但因为表现怪异 不合群 度过了他自称 最黑暗最压抑的几年

有着这样生活经历的人 写出了《夜莺》《丑小鸭》《美人鱼》《豌豆公主》《冰
雪女王》《卖火柴的小女孩》《国王的新衣》…… 我不知道他现在是在我面前 还是
在天边 心里想着希望他现在是暖的 开心的 不论是遇到了王子还是 公主

DIGTEREN

HANS CHRISTIAN

ANDERSEN

F. 2ND APRIL 1805

D. 4TH AUGUST 1875

美味点馔

落落 安东尼
陈晨 琉玄

✕

落落

米其林餐厅 Kiin Kiin

　　没想到这家哥本哈根的著名餐厅提供的却是泰国风味的创意菜肴，现在回想起来，记忆中最深刻的除了它别致的装饰风格外，就是"泰国菜原来是这样的！""哥本哈根的泰国菜原来是这样的！"口感浓郁而且充满冲突感，总之各种想不到……而大家一致好评的是最后那道被沙子埋住的甜饮，看似一根吸管插在细沙里，吮吸起来确实是甜浆！"就是这种感觉，我最缺乏的就是这种感觉！这种久旱逢甘露的感觉！"

四爷点评：

　　……你缺的难道不是一个男人吗？落导……差不多可以从《剩者为王》电影里出来久旱逢甘露啦！一聊到这种话题，我真的很容易开黄腔，我还是就此打住吧。

米其林餐厅 Kiin Kiin

米其林餐厅 Kiin Kiin

安东尼

北欧设计 Höst 餐厅

我们这次在哥本哈根吃了几家非常棒的餐厅 印象最深的算是 Höst 去之前不知道这个餐厅是什么来头 和几个朋友一起上了车 没开多久就到了 这个地方不大 感觉很不经意地经营着 水泥地 木头架子和柜台 泥墙 颜色很简单 白色 灰色 木头的颜色和简单的几个大叶植物

第一感觉是一个很接地气的餐厅 又很舒服

坐下来以后大厨过来打招呼 介绍这家餐厅还有今天晚上要吃的东西 他说在 Höst 我们基本上都使用 哥本哈根本地或者周边的食材 菜谱也会随着季节变化相应调整 这时候他看到我的 美国队长盾牌充电器 问我这是什么 我说这个是便携式充电器 他笑说 这是我见过最酷的东西

接下来我开始认真地观察这个空间 尽管简单 但所有的东西都不是随意放置的这个饭店几乎没有多余的物件 真正做到了极简 我不清楚 像水泥 木头这些基本的装饰材料 怎么被他们用得浑然天成 理所应当

四爷点评：

我本来觉得这个栏目是尼尼的专场……大厨尼尼手艺好，写吃的应该也滔滔不绝吧，结果他竟然词穷了？！——裤子都脱了你就给我看这个？！（……）（编辑：四爷，尺度，尺度……）

好吧，我也知道在美味当前文字的力量比较弱……还是对着图片吞口水更来得实在……

为了弥补我的精神损失，尼尼，麻烦回国后，给我做一碗担担面！

北欧设计 Höst 餐厅

北欧设计 Höst 餐厅

陈晨

学生宿舍的家庭料理

  丹麦哥本哈根大学的"Tietgenkollegiet"学生宿舍，可能是我看到过最酷的学生宿舍了。这座造形特别的圆形建筑物于 2007 年落成，是丹麦建筑师 Lundgaard 和 Traneberg Arkitekter 的作品，灵感来自中国土楼的设计，夺得过英国皇家建筑师学会国际奖。所以，是一座不折不扣的艺术品。我们在丹麦的当地向导 Dan，就住在这栋全世界最酷的宿舍里。我参观了他的房间，一室一厅的格局，但是面积并不小。而且租金便宜，差不多只有加拿大大学的一半。

  那天晚上，他邀请我们前往他的宿舍吃晚餐。

  他是哥本哈根大学的学生，是个中国和丹麦的混血，会中文、英文和丹麦语。和他一起准备晚餐的，都是他同宿舍的同学，有丹麦的本地学生，也有来自美国和欧洲其他国家的留学生。和我们前几晚吃的各式北欧菜不同，在学生宿舍里的这一顿家庭料理不仅充满了浓浓的北欧味道，还多了一丝随意和温馨。实在感慨这个宿

学生宿舍的家庭料理

舍的功能性之强大，不仅有厨房，还有一个公共的宴会厅，长长的餐桌可以容纳十来个人一起就餐。家庭料理有牛排、土豆泥、沙拉，还有北欧特色的甜点。所有的食物都是学生们亲自准备的。就餐的时候，大家天南地北地聊。因为加拿大的大学住宿又贵条件也有限，学校也鼓励学生住到外面去。所以，我从一开始就在外面租房子。留学三年，却很少能有这样和同学朝夕相处的日子。突然感慨，住在这个宿舍里，才是真正的大学生活，才是真正的青春啊。吃完晚餐，我们一起合影，Dan又给大家准备了一些小礼物。可以说，这是在哥本哈根，吃得最愉快的一次晚餐了。

四爷点评：

我觉得陈晨你可以多写写中丹混血 Dan，我们比较想看你和他的互动，嗯，我特别懂你的少女心。

好了我正经一下，大家都知道我大学的时候是和阿亮、痕痕他们几个出来外面租房子合住一起办工作室，所以对这种朋友、同学朝夕相处的理解可能要比普通的住学校宿舍的同学还要深。本来我想吐槽一下"牛排、土豆泥、沙拉，还有北欧

学生宿舍的家庭料理

特色的甜点"这朴素的餐单的，但回想了一下当年我们住一起有上顿没下顿的日子
（……），我住嘴了……我们这样的懒鬼没有资格吐槽人家热情准备餐点的外国同
学呀！

  陈晨你真的没有和中丹混血的 Dan 同学多聊些什么吗？真的没有谈谈人生聊聊
理想什么的吗？是中式婚礼还是教堂浪漫呢？是旗袍还是西装呢？心里会有一丝丝
小鹿乱撞吗？……

琉玄

皇家慕喜咖啡馆

　　摆在我们面前的是三块充满设计感的食物，既像三明治又像寿司，听皇家慕喜咖啡馆老板娘介绍，果然是这两者相互融合的新派美食。

　　摆盘很漂亮，可爱得让人有些无从下口，三种口味都是小小的一块，安仔说："玄玄，摆个样子让我拍两张照片。"

　　三款分别是蛋黄三文鱼，和丹麦本地的一种鱼，还有猪肉。安仔说话时，我已经只剩下猪肉没吃了，但也装模作样地直起背，拿着刀叉在半个巴掌大的三明治上比画。

　　餐桌上放着好几瓶开启的果汁，因为太甜腻了，招来一只蜜蜂。

　　哥本哈根到处都是屁股上摇摆着危险尖刺的蜜蜂，密集程度之高，使我们从尖叫躲避直到终于审美疲劳的过程，只花了半天，不过我们还没勇猛到能和本地人一样无所谓地让它们在胳膊上跳华尔兹，毕竟我们没有丹麦的医疗保险，也没有那么浓密的手毛。

　　在见到蜜蜂一头栽进还剩大半瓶橘子汁的瓶子里后，我们松了一口气，但是安东尼接着拿起瓶子一点点把果汁倒进空杯里时，我们又重新屏住了呼吸。

　　最后蜜蜂很乖地待在空瓶里被安东尼拎着走到店外的花园放生了。

　　虽然不爱吃猪肉，但是在这里剩下的话，也太尴尬了吧。我心一横，结果意外地嚼一嚼也不是那么难以接受，是很淡的味道有点儿像鸡肉，但我还是愿意多吃一

块鱼肉的。

好吃是好吃，但就这么三口，大家面面相觑：还有别的么？

磨磨蹭蹭地害羞了一阵子后，食欲占了上风，我们厚着脸皮向侍者提问，答案是没有了。

瘦小的店主小姐走过来指着甜品柜说，大家想吃什么就说吧。

于是我又得到一块很大的覆盆子蛋糕，纯正的嫩粉色，像是撕下了一大块贵族小姐的裙裾。因为太华美了，我有点儿不好意思，吃了两口就问身边的两位小空姐吃不吃，她们很乐意分享。

小西也是吃的这个，男生们说："你也太少女了吧！"他做了一个娇俏的表情把我们逗笑，有甜品、咖啡、果汁和酒，再美味，也没有和朋友在一起美。

又来了一只蜜蜂，飞进了我右手边的苹果汁瓶子里，陈晨若无其事地喝了两口，我说："你当心啊。"——脑子里忍不住想象他嘴唇被蜇到肿起来的样子——但他说："没事。"

真勇敢。我敬他是条汉子，同时往空姐那边缩了缩。

离开时我们去了隔壁的瓷器店，桌上的餐具就是这家店的设计师作品。

四爷点评：

这个食物分量，真是为我准备的，我为什么没有去？！（……）（我还可以把鱼让给你们……）

至于琉玄你这个长着无敌大胃的竹竿，我相信其实凭你自己就能搞定那块蛋糕的……不要狡辩了，你以为你每天在微博上发的吃货图片我没看到吗？真是看到皱眉呀！我思考了一下那群人里面应该没人能吃得过你……那几个男生，个个都是小鸟胃……和他们几个聊吃是没有用的，快去和他们几个聊保养品吧……

皇家慕喜咖啡馆

蜗牛姑娘

文 / 陈晨

有一天，她发现自己的背后开始不断疼痛。

痛彻心扉。

然后，她就长出了一个硕大的壳。

·1·

苍白灯光。缓慢爬行的影子。猫咪。黑白电视机里没有节目。墙角匍匐着骷髅和蛾子。留声机像一株畸形的牵牛花标本。

红色大床。

女孩倒躺着，一颗一颗地咀嚼巧克力。这是她的小旅馆，她第无数个小旅馆。

女孩所在的是一座沿海的城市，气候却并不温暖。8月气温就开始转凉，然后就进入阴沉的雨季。这个城市的太阳总是很疲倦的，中午阳光普照，忽然一下子就躲到乌云背后，然后开始飘起雨来。

下雨的时候，女孩就打开小旅馆的窗户，把头探出去，她喜欢刚落雨时，飘在天空里的乌云和灰尘的味道。窗外就可以看到港口，还有港口旁五颜六色的小房子。当地人不喜欢那个地方，那里充斥着酒精，嬉皮士，还有寂寞的海员。

女孩在这座城市已经居住了一个多月。她没有家，一直在路上，所以总是住在旅馆里。她也不是阔绰的人，于是每次都只能拥有狭小的房间，堆放为数不多的行李，老式留声机，猫咪和红铺盖。小旅馆往往开在鱼龙混杂的地方，女孩穿上自己心爱的吊带裙子，混入陌生的人群中，最好是夜色荡漾，霓虹闪烁的时候，她会笨拙地往脸上、眼皮上、嘴唇上涂抹廉价的化妆品，运气好就能遇见体面的先生，疼惜她。给她钱，她就和他们跳舞。

在港口旁五光十色的舞厅，或是在夜色稠密的小巷，她把年轻的海员给她的钱塞进丝袜里，然后与他共舞。夜色下往往是没有音乐的，她踮着脚，轻轻地亲吻海员高挺的鼻尖。

他们拥抱、接吻，做一切恋人之间会做的事。

只是没有爱情。

她也知道，这样不好。可惜除了一具年轻的身体，和一颗毫无知觉的心，她就什么都没有了。即便如此，她还是想就这么苟且地活着，活在冰冷的世界中。

但是，也不是一直都这样。

几年前，她也有过单纯的感情。和所有情窦初开的小姑娘一样，喜欢过某个邻家的男孩，甚至更轰轰烈烈一点，为他离开了生养她的父母，相信过哪怕日子艰苦也能长久地在一起，还差点成为了一个小母亲。

结果纯白的童话故事最后却突变成了血淋淋的闹剧。

有人问起的时候，她便抽一支烟，故作深沉地说，不记得了。

其实，谁都知道，并不是真的不记得了。

也遇见过誓言旦旦的好先生，留下大把的钞票，在床上只亲吻她的额头，冬天为她买来电热毯，像念诗一样告诉她，他不在的话，夜晚她就不会寒冷。于是，她独自睡在他买的电热毯中给他打电话，哭了好长时间。

电话那头传来好先生给妻子过生日的喧闹，好先生草草地挂掉电话，没来得及听见她的哭泣。

从那之后他就再也没有来看过她。

还有还有，还有什么，女孩使劲想都觉得无所谓谈及，因为现在已经不

是从前了，现在也没有什么能叫她牵肠挂肚的事情，她只想活着，活着比什么都好。

　　直到女孩的第 19 个与她共舞的情人喝醉了酒，脸上挂着无耻又得意的笑容，不小心说出了惊人的秘密——

　　"你知道吗，有一个欢乐的王国，那里没有苦痛和眼泪，那里的国王是最伟大的诗人，能唱出最美妙的诗歌，所有的女士都会爱上他。"

　　"你知道吗，我爱我的女朋友，尽管我说她有多么多么不好，尽管她不愿陪我去寻找那个王国。"

　　"你知道吗？你并不是我的什么小仙女，其实你只是个甜美的小婊子。"

　　她尖叫着打晕了她的第 19 个情人，不想再听他后面的废话，她知道他从来都是个撒大谎的人，她未曾揭穿他，因此便不想听见从这个说谎人嘴里讲出的任何事实。但她记住了他所说的欢乐王国和国王。女孩终于找到了比活着更好的事，那就是找到那个王国，去爱上那里的国王。

·2·

　　她本来就活在路上，所以不需要什么具体的坐标，她跟着自己的直觉前行，在公路上，小旅馆里，和猫咪一起。欢乐王国还有那里的国王好像成为了她苦苦追寻的初恋。于是活着就不仅仅是活着，有了美好的希望。她给留声机装上旋律轻快的唱片，不再是女人幽怨嘶哑的声音。她自己和自己跳舞，给猫咪说情话，仿佛已经来到了欢乐王国，仿佛正和那里的国王相爱。

就算走了很长的路，她还是没有找到他们。

后来她发现周围越来越多的人传颂着欢乐王国的故事，甚至有人弄到了国王的诗歌，把它们做成黑胶唱片，她买来了那些唱片，所有的，塞进老式留声机的嘴巴里，听着，沉醉了。空荡狭小的旅馆瞬间成了奇妙的仙境，出现各种飘浮着的美丽妖精，似乎欢乐王国离她越来越近，她雀跃地嘻嘻哈哈，猫咪被感染了，旅馆里所有的人都被感染，连驼背房东也怯生生地伸出头颅，望着这个素来古怪放荡的丫头。

一些好事者又给了她国王的邮箱，她开始给国王写信，诉说对欢乐王国的向往。诉说身边的人如何传颂着欢乐王国。却从未诉说对国王的感情。国王有时会回信，每次接到回信她都会读很多遍，国王说的话连接起来就是诗篇。

她变得羞涩又心急，毫无办法。在羞涩又心急的时候，她觉得一切都是那么惬意，在毫无办法的时候，她觉得没有什么是不可能的。

她不知道，她是知道的，只是不肯承认。

那素未谋面的初恋，她的国王，拥有最动人的诗歌，拥有无数少女的爱慕，却是个无心的人。

那是国王自己说的，在给她的回信里面，他说，他丢失了他的心，他一直在旅途中，他要找一个地方，看看天，和神说说话，如果神愿意理他的话，或者魔鬼也可以。他也知道他要去做什么，他要把他的心找回来。

读完这段文字，听着老式留声机，留声机里播放着国王的歌声，她默默被那些诗歌打动，默默为国王祈祷，希望他能找回他的心。

每个星期给国王写一封信成了她的习惯，每封信她都絮絮叨叨地说着，真心诚恳地献上祝福。

有的时候，她觉得能从国王的诗歌中、信件中读出孤独和矛盾，那个时候她就变得异常柔软、异常善良，觉得自己愿意付出所有的爱去包容这个男人。即使国王已经拥有了无数少女的爱慕，即使他谁的爱都不要。

有的时候，她听着国王的诗歌，看见欢乐王国的幻境，会变得非常平静，可是这些幻境就忽而远去了，消失在眼角，她觉得也许世界上根本就没有什么欢乐王国，而那个国王，那个国王……她已经不想再想下去。

只是第二天，她又会重新掉入那制造的幻境中，重新对那里的国王热忱不已。

· 3 ·

有的时候，她会去这个城市最热闹的海湾边。有年轻的少年在海边弹吉他，少女们跳舞，游客们举着相机咔嚓咔嚓地拍下这些愉快的画面。这个城市总是有着各种各样的传说，比如这片海湾里的美人鱼。

"在很深、很深的海底，有一座雄伟的城堡，里面住着六位人鱼公主，她们都十分美丽，尤其是最小的公主，她留着金色的长头发，比姐姐们都漂亮，她最喜欢听姐姐们说许多海面上的新鲜事，因此，小公主常想着，有一天能自己到海面上看看。"

"等了又等，就在小公主十五岁生日的时候，她悄悄地游到了海面，海面上有一艘很大的船，船上许多人正举行着盛大的生日宴会。那个王子威风凛凛、潇洒英俊。小美人鱼也为之着迷。"

"人鱼公主自言自语地说，我真想变成人类啊。于是，人鱼公主去求助魔女来帮助她达成心愿。魔女说，我有办法让你变成人类，但是当你的尾巴变成脚的时候，走起路来会像刀割一样疼痛，还有，如果王子与别人结婚，你将会化成泡泡而死去。"

　　然后，这个故事就戛然而止了。有人说写这个故事的国王病了，也有人说他其实早就已经想好了结局，只是因为太悲伤了不想把它写下来。女孩不相信任何人的解释，她发誓一定要找到那个国王，让他亲口告诉她小美人鱼的结局。

　　从海湾回小旅馆的路上，无意间，她在商店里撞见了几年前喜欢过的邻家男孩，男孩完好无损地站在她的对面，依旧是忧郁无奈的表情，牵着某个洁净姑娘的手，那是男孩喜欢的类型，就像以前的她。男孩没有认出她来，他怎么可能认出现在的她，穿着奇怪过时的衣服，脸上涂满廉价化妆品。她在他们面前就是个怪物。可是她被吓坏了。她被吓得手足无措，拿了巧克力

　　忘记给钱就跑，疯疯癫癫地跑开，想逃进小旅馆，却慌张地走错方向，她看起来那么无助那么可怜，然后她就蹲在街角哭了，哭花了她的妆容，露出稚嫩难堪的容颜。

　　她丢了句骂人的话，不知道是骂自己还是骂谁。

　　接着渐渐平静下来，这可真不是个好兆头。她自顾自地说，颤抖地点一支烟，想起了以前的事情。

　　她只记得他杀了她的小孩。于是，她就杀了他。告诉所有的人她杀了他，到处都是血。

　　他们就派人抓她。抓她去四面高墙的地狱。

她便从那时候起一直在路上。为了活着，苟且地活在这冰冷的世界中。

回到旅馆，已经很晚了，女孩把自己浸泡在水里尽量不去想今天的事情，水里很安静，越是安静脑海里越是传来此起彼伏的声音，像是争吵，一定是可怕的争吵。她又回想起她和那个男孩的过去，顿时从水中坐起来，湿溜溜的像一条鱼，走到留声机前放唱片，国王的歌声使她放松，她倒在床上，咀嚼巧克力，她的猫咪睡在她凉透了的双脚上，一切都那么安全，没有什么值得害怕的。

女孩想，她要快点找到那个欢乐王国和那个写童话的国王，到了那里他们就再也抓不到她了。

过了没多久，她睡着了，还做了个美梦。

醒来的时候她告诉驼背的房东自己要离开，她拥抱这个驼背胆小的老人，有些伤感，每一次迁移，她都会伤感，她知道房东喜欢吃甜食但是他的儿子从不让他吃，临走前她分给了房东许多巧克力。她不知道房东有糖尿病，更不知道房东当天晚上吃完了她所有的巧克力，死了。她在离去的车上擦眼泪的时候还在想自己真是个善良的好姑娘。

· 4 ·

新的旅馆，新的房间。

新旅馆的楼顶阳光普照。

晒太阳，成为女孩每天必有的享受。站在楼顶上能看得很远，她觉得这样真好，有助于自己尽快找到欢乐王国，她完全沉浸于梦想即将实现的快乐中，她不知道，已经有人找到了她，那些他们派来抓她的人，穿着白色大褂，长了魔鬼的脸，他们不要她活，要拉她下地狱。她满怀笑意，不知道她所惧怕的一切正以始料不及的速度吞噬她。

就在一个晴好的午后，女孩和往常一样，爬楼顶，晒太阳。她听见杂乱的脚步声，不太在意，旅馆里慌张出入的人太多，太频繁。她抱着她的猫咪，她和她的猫咪都懒懒的，准备睡午觉。

突然那些人就冲上来，他们抓住女孩，她有些困惑，接着看清楚白色的大褂，看清楚那一张张冷酷的脸，魔鬼的样子。瞳孔放大，女孩无法克制地尖叫，尖厉惊恐的声音像一只受到攻击的母狮子，她挥动手臂挣扎着想逃出那些魔鬼的手掌，但是他们抓得她那么牢靠，毫无情面，她的猫咪被踢得老远。

她看见他们拿出最致命的武器，那个针筒，里面满是毒药，荼毒她清晰的大脑，女孩害怕极了，说不清楚话，只能咿咿呀呀，眼泪掉下来，直至所有的毒药都注射到血管中，黑暗无边。黑暗无边的时候她仿佛看见欢乐王国就在眼前，那个国王微笑着，那么美。她伸出手，却什么也没握住。

她也知道她要被他们带去哪里，带去她处心积虑逃出的地狱。白色的地狱。

·5·

"我没有病，我知道，我没有杀人，他还活得好好的。"
"我没有病，放我出去！"
"我没有病！"
女孩清醒后大声喊叫，在无人的白色房间。

"我没有病，妈妈，我没有病，我知道我没有杀人，叫他们放我出去。"
她的母亲来看她，不发一语，削着苹果。
"我没有病！"
她气急败坏地打掉母亲手里的苹果。
"你不是我妈妈，你也是他们派来的！"

　　她哭了。

　　"我没有病，我知道我真的知道了，我没有杀人，我还在街上遇见了他。你们放我出去吧，我求求你们。"

　　女孩抓住前来给她打针的医生央求道。

　　"我不要打针，我求求你们，我不要打针。"

　　那些人好像听不见她的声音，仍然把药物注射到她的体内，仿佛她只是具无人认领的尸体。

　　她不能打针，她比谁都清楚，打针后就会忘记欢乐王国，只是到了这里她就再也没有力量反抗。

　　日日夜夜她都重复着同样的话，她很久都没有听见国王的诗歌，也没有猫咪，没有巧克力，没有旅途，没有欢乐王国，女孩觉得自己死了。

　　她发现背后不断疼痛。

　　痛彻心扉。

　　然后，就长出了一个硕大的壳。

　　她学会沉寂，不再说话，有人来了她就缩回壳里，壳里温暖又安全。

　　直到男孩来看她，她才有了神色，从壳子里钻出来，她拉着男孩的手臂仿佛重新看到活起来的希望。

　　"我知道我就知道我没有杀你，你告诉他们，我没有病，放我出去。"

　　"我求求你，你杀死了我的小孩，你要帮我，我求求你，带我出去，我要去找欢乐王国。"

　　男孩忧郁无奈地看着她，男孩从没有杀死她的小孩，他们甚至没有同床共枕，男孩是真的喜欢她，也想长久地和她在一起，他们离家出走，过着简单的日子，他从来没有碰过女孩，因为他喜欢她的纯洁，男孩以为能容忍一切只要和她在一起，可是当两个孩子的钱都用光了的时候，男孩变得急躁又凶狠。

　　他想回家。

　　那是个可怕的争吵，男孩执意要离开，她不让他走，苦苦纠缠，她咒骂他、咬他。他终于无法忍受，两个人扭打在一起。女孩怎么可能打得过他，她被打伤，绝望地哭泣，他懒得理会，摔门而去。

　　男孩没想到她会那么傻，竟然会割破手腕，到处都是血。如果他能提前预料，他发誓绝对不会离开。

　　后来她就病了，到处宣扬男孩杀死了她的小孩，到处宣扬她杀死了男孩。

　　她的父母不让男孩见她，把她送进医院，她自己又逃了出来，他们到处贴寻人启事，男孩伤心极了。他想自己永远失去了她。如果可以，他愿意代替她承受现在的痛苦，可是看看现在的她，长发凌乱，说着没人理会的话，他再也无法走进她的心里。她手腕上触目惊心的伤痕，成为一条隔绝他们的拉链，无法开启。

　　他拥抱她，她还是反复说着。

　　"求求你，放我出去。"

　　"好。"

　　男孩把自己的外套给女孩穿上，给她戴好帽子，他牵着她走，也许这是最后一次两个人如此接近，她的脸上挂着笑容，他们穿过走道，穿过痴痴的人群，男孩都想哭了，而她心里念念不忘欢乐王国，念念不忘那里的国王。

　　他们走到疗养院的出口，男孩搜遍了全身，把所有的钱都塞到她手里，她哈哈大笑，像是找回了最珍爱玩具的儿童，她说，再见，谢谢你。

但是不会是我爱你。

然后就这么飘飘荡荡地拦车离去，留下尘土飞扬中的男孩，她不知道，也来不及知道，以后男孩的女朋友都像她，像他们初次相识的时候。

不染尘埃。

·6·

女孩有背后硕大的壳就不再需要旅馆。她用男孩给的钱再次买来国王所有的唱片，买了新的留声机。她徒步行走，抱着那留声机，走向梦中的欢乐王国。困了累了，就到城市黑暗的角落，钻进壳子里，听国王的唱片，欢乐王国的幻境就顿时装满整个壳子，环绕着她。

不知道走了多长时间，到过多少地方，女孩依旧是无法抵达那里。男孩给的钱已经用完了，新的留声机又变成了老款式，她又冷又饿，一些先生带着欲火重重的目光找上她，她推开他们，逃跑。她在冰冷的世界中找不到人求助，哭泣，迎接新的一年。

漫天的焰火。大笑声。祝福。姹紫嫣红的灯。

旧时光过去，新时光就到来。

她被这些喧闹的声音吵醒，钻出壳子，抱着她的留声机，她看见世界，被焰火渲染的世界，有一阵恍惚，仿佛她已经抵达欢乐王国，欢乐王国正在举行盛大的庆典。她用留声机播放国王的唱片，然后开始跳舞，跟着远处的人群大笑，她伸出手，高高跃起，试图捕捉天空绽放的火光。她要紧紧抓住那些焰火，仿佛是看见了，国王正站在欢乐王国城堡高高的塔顶上微笑，歌唱。女孩想那些焰火一定能带她去她朝思暮想的地方。

就在这一瞬间，她似乎真的握住了焰火的尾巴，眼前忽而出现一条绚丽的没有尽头的路，那被焰火劈开的一条路，直通欢乐王国。她抱起留声机欢快地奔跑起来。

终于消失在路上。

世界之大，城镇林立。人间之大，摩肩擦踵。很多人的一生都在寻找那个所谓的躯壳，好让自己在里面哭泣，在里面软弱。如同那个女孩，她固执地相信，在那个所谓的躯壳里，存在着一个王国，还有一个会写悲伤童话的国王。

只是，在那之后再也没有人见过女孩。再也没有人见过这个以为自己变成了蜗牛的姑娘。

有人说，发现了她的尸体，蜷曲着抱着留声机，脸上流露笑颜。有人说，是一个头戴王冠的古怪男孩，长着她初恋的样子，接走了她。也有人说，她钻进了留声机里，那里便是欢乐王国，从此她和国王过上了幸福快乐的日子。

大团圆结局。

旅程随笔

文 / 陈晨

市中心购物

好不容易去次欧洲，不买点什么总觉得对不起自己的"良心"。但是，说实话，北欧的物价算是全世界最贵的，机场一杯星巴克折合人民币 70 多块钱你是在和我开玩笑吗？！一盒 6 个装的寿司卖到近人民币 100 元有事吗这位先生！打个车转个弯计价器就跳两跳是机器坏了吗请问！对于我这种生活在北美习惯了各种打折，星巴克和矿泉水差不多价格的人来说，实在只想翻！白！眼！但是，如果你认为哥本哈根不适合购物那就错了，因为，在丹麦外籍游客是可以办理退税的（并不是每个国家都可以，比如美国加拿大就不可以），所以，当你退完税之后，商品的价格还是很优惠的。要知道，退税这件事情就是个魔咒，凡是遇到贵的价格你都可以用"反正可以退税"来说服自己。

哥本哈根这座城本身就不是很大，市中心购物地点都集中在离市政厅不远的那一块商业区。不大的区域几乎集合了各种品牌。除了一些大牌，我觉得比较特别的是一些丹麦的当地品牌。比如"HAY"，一个主打家居办公用品的设计品牌，主打北欧简约风格。从文具到家具应有尽有。比如"Eva Trio"，也是主打北欧设计的厨具品牌，设计简约，质量更是没话说。比如"Royal Copenhagen"，里面有丹麦最好的陶瓷。另外，北欧风格的服饰也值得一买，我在多伦多的商场里看到过北欧服饰展，里面展示的几个丹麦品牌在哥本哈根的那个商业区都可以找到专卖店，非常值得一逛，因为这可能就是全世界唯一的大型专卖店了，而且价格也非常有本地优势。据我自己的观察，比如丹麦顶级视听品牌"B&O"在退完税之后的价格堪称全世界最便宜。

北欧航空的空姐 Linlin 陪我们逛街，沿途她介绍了几个丹麦的国民品牌。商业区也并不是像其他国家一样都是清一色的大牌店，丹麦品牌的产品占了店铺的很大比重，可见丹麦对自己国家民族品牌的重视。

在哥本哈根购物，还有一件惬意的事情就是，你可以随意地找一家咖啡馆坐下来，喝杯咖啡，看看人来人往的行人。这个城市也少见各国的旅行扫荡团，少了一份欧洲其他城市的喧嚣和杂乱。是的，在这个城市购物，不需要一个血拼到底的心情，也不要强迫自己买什么，因为，说不定当你拐进一条小巷，你想要的东西就出现在那些不起眼的街边小店里。因为，这座城市的时间是过得很缓慢的。

四爷点评：

通篇阅读下来我的眼中只闪过了"退税""家具""陶瓷"三个词（……），我为什么要在一个如此清新文艺的选题书里一再暴露自己购物狂的本性，编辑你们设计好让我来吐槽根本就是来坑我的吧？！（编辑：四爷，冤枉哪！6月飞雪哪！）好吧，我承认我对家具和装饰品真的是爱得有点深……谁的心里不住着一个剁手党呢，大家说是不是？而且，陈晨，我觉得你通篇的重点其实就是那句"对于我这种生活在北美……的人"吧，你应该恨不得编辑在排版的时候把这句话加粗标红下划线吧，你这个心机 biao……

游艇游览

对我而言，乘坐游艇游览哥本哈根是最惬意又直观的游览方式。从市中心的老码头出发，乘坐犹如小联合国般的游艇。因为要穿过狭小的运河，游艇一般来说不会很大。180 度的透明顶棚，既可以阻挡北欧常年阴冷的大风，又可以全方位地观赏这个城市。

沿途你会看到多面的哥本哈根，码头附近的是哥本哈根的新港，犹如童话般的彩色房子。随同的丹麦旅游局的陪同说，常年漂泊在外的海员们经常忘记自己的家在哪里，所以，把房子刷成不同的颜色，是为了让海员们通过颜色来记住自己的家（……神逻辑）。曾经的新港是哥本哈根的贫民窟和红灯区，嬉皮士们和海员们的天堂。落魄的安徒生就曾经居住过在这里，它在新港的某栋淡黄色的破公寓里写下了第一个童话。时至今日，它却是哥本哈根的旅游名片，五颜六色的房子大多数都被修缮为咖啡馆、餐厅，变成了一个浓郁北欧风情的娱乐区。我们的游艇就是从这里出发，沿着狭小的运河，开往哥本哈根港。

除了古老的新港，你也会看到很多现代感十足的建筑，简约又富有创意的设计有着十足的北欧特色，比如哥本哈根市图书馆、哥本哈根歌剧院。海港边有许多风力发电机，虽然也经过工业区，但是几乎看不到一根冒烟的烟囱，也是感慨这个国家一切都从环境出发。在游艇上可以看到有很多丹麦人沿着海边的公路跑步、骑自行车。一个有趣的现象，在哥本哈根，自行车似乎是最普及的交通工具。听陪同说很多哥本哈根人都是骑自行车上下班。原因除了哥本哈根城不是很大之外，我想最主要的是居住在这里的每一个人，都崇尚绿色健康的生活方式。

大约行驶 20 分钟，原本都坐在船舱里的乘客都跑到甲板上去拍照。是的，我们的游艇正经过丹麦最著名的小美人鱼雕像。虽然在船上你只能看到雕像的背面，但是每个人都拿着手机拍啊拍。

游艇没有在小美人鱼雕像附近过多停留，而是继续前行，行驶在波光粼粼的丹麦海湾上。从这个不近不远的距离你可以看到哥本哈根这个城市的轮廓。没有高楼，就算是现代建筑也不太超过教堂和古堡的高度。大部分的历史建筑都保存完好。这是一座平静而又有故事的城市。有人说哥本哈根这个城市除了安徒生就没有什么记忆点，是的，这里没有纽约的高楼大厦，也没有巴黎时尚又浮夸的街道和商场，因为居住在这里的人，从几百年前就开始脚踏实地地做一件他们知道对自己有益，对这个国家有益，甚至对这个世界有益的事情——如何善待环境，又高质量地生活。

四爷点评：

我想象了一下一群人对着小美人鱼雕像背影狂拍的场面，突然感到了一种巨星登场被狗仔队跟拍的即视感……不过，这真的是"巨星"级的雕像了。但是一想到这群么蛾子的种种匪夷所思的自拍创意，我整个人都不好了……

MED · REN · VILIE · DANMARKS · TROFASTE · SØN

VILDT & FISKE

走过路过
不可错过的风景

落落 安东尼

陈晨 琉玄

落落
小美人鱼雕像

　　安徒生的所有童话里，最喜欢《小美人鱼》，后来慢慢地，成了只喜欢《小美人鱼》。怎么说呢，它几乎符合了自己内心对一切爱情故事的期待，既美丽又异常残忍，它在几百年前诞生时，几乎便奠定了之后无数爱情故事的发展基调，让之后那些分分和和的戏码都无路可走，只能不停地"致敬""效仿""呼应""微调"。

　　所以到哥本哈根来，去看一看小美人鱼雕像，一点也不俗套——从来不觉得因为做的人多了就会令某件事变得俗套。而在抵达之前温柔的当地导游就跟我们一再说"其实她看起来非常普通""小小的""就在岸边""肯定不会是你们想的那样"。事实证明他说得没错。也许真是因为人口数量的关系，整个小美人鱼所在的公园里的全部游客加起来也非常寻常，而当我们一路走向雕塑所在地，她真的就只是被摆在靠岸的两块石头上而已，小小的，四周没有任何隔离装置，谁都可以接近，而围绕着她的游客完全谈不上"里三层外三层"，就是稀松平常的某个景点，有一些游客，附近有卖冰激凌的摊位，有演奏的街头艺人，有正在换岗的士兵列队经过，然后有夕阳下泛红的海，有海中诞生的美人鱼，故事里她会消失在海上的泡沫里。

　　据说雕刻师最初是以自己妻子的形象为原型，而经过许久时间后，雕像的面目其实是模糊的，圆润得让她失去了一些真相，但同时也因为不再明确后，又似乎这样才是最好的。

四爷点评：

　　安徒生的童话里我最喜欢的也是《小美人鱼》，并且我更喜欢叫它原本的名字《海的女儿》。那真是一篇太美太悲伤的童话。（才不会说没能去成哥本哈根我很失落呢！哼才不说！）（众：……傲娇个鬼啊四爷……你的霸总人设已经碎了一地了，打扫的阿姨问你还要不要，不要就扫去丢了哦。）

安东尼
皇宫广场

　　皇宫广场位于阿美琳堡宫旁边 是哥本哈根主要的交通要道 两条街道在此相交 形成一个十字路口 和欧洲很多皇宫广场一样 丹麦皇宫广场也是八边形广场 它的中间是广场的创建者 国王克里斯蒂安五世的骑马铜像 而王宫的四座建筑就被分割在路口的四个街角

　　附近的阿美琳堡宫外形极为平实 现在仍居住着皇室成员 但这里没有森严的管制和高筑的宫墙 皇宫广场可以任由行人来往通行 游客也可以与皇宫门前站岗的卫兵合影 我们站在广场上 还搜到了皇宫里面的 Wi-Fi 我和小西说 咱们可以试试猜他们密码 小西说 这个上哪里去猜啊 我说 可以试试 Iamtheking 后来我在广场上做了一个单腿站立的瑜伽姿势 小西帮我拍了照 大家一致反应非常标准 不知道门卫看到 当时是什么心情

　　我们的导游说丹麦现在的文明程度很高 政府是平民的政府 "三高"（高收入、高税收、高福利）造成了没有极端的贫富 人人安居乐业 人口少 出生率低 资源丰富 资源分配相对合理 自然环境好 真的是一个适合居住的好地方

四爷点评：

　　门卫没有报警抓你真是太善良了……不愧是童话的故乡，居民们都太善良了，但也可能是还没有反应过来……证明你们走马观花的速度非常快……

陈晨
大理石教堂

　　我都快忘记那座教堂的名字，几经回忆，外加联系了远在丹麦的 Dan 同学，才得知那天我们路过的那个大教堂，名叫 Frederiks Church，腓特列教堂，也被称为大理石教堂。说实话，在哥本哈根，这类皇宫和教堂非常之多。我能够记住它，原因是，它虽然不在我们游览的计划内，但是我觉得，它完全可以被列入来哥本哈根必须去的几个景点之一。我们是沿着新港的码头，不知不觉地走到了这栋教堂的。它被称为大理石教堂，也是因为它的建材主要是大理石。这算是丹麦少数的几个圆顶教堂之一，整座建筑是典型的巴洛克风格，仿造梵蒂冈圣彼得教堂所建。走进教堂内部，立刻感觉到了那种独特的宁静又庄严的气息。巨大的穹顶，光线从五彩的玻璃窗透进来，在墙上呈现出各色各异的图案。下午的教堂里没什么人，夏末初秋的微风无声无息地吹进来。我们不约而同地坐在了教堂的长椅上，感受着此刻难得的平和与宁静。

琉玄

安徒生故居

去的路上遭遇了至少三场雨，我们嘻嘻哈哈地尖叫着躲在屋檐下、酒店大堂里和露天咖啡馆的伞棚中——没有在营业——不少路人跑进来，我们相视笑笑，耸耸肩。

这儿的雨来得很急，完全不打招呼，也没有由小及大的过程，我们走着走着就被人兜头一盆水倒在肩上，但去得也快，拉窗帘似的，唰啦一声就雨过天晴了。

要是周边没什么躲避的地方，行人快跑几步，跑过头顶这片雨云也就淋不着了，所以有时我们在这边踩着水，马路的对面的人却还浑身干爽地端着咖啡在散步。

原本我们以为安徒生故居应该是一间房子，里面挂着画像写着生平简介，井然有序地摆着一些童话相关的书和玩偶，甚至出门左拐还有间小小的纪念品商店——结果只是一扇门——我们一行人站在门前左顾右盼，咦?

这位全球知名的大作家曾经住过的房子并没有被当作文物保护起来，在他搬出去以后，陆陆续续又有许多租客住过这儿。显然，这一扇再普通不过的深褐色实木门后，在此时此刻也居住着人家。

又下雨了，当我们意识到自己在雨中默默站着只是为了向一户普通人家的大门致敬，这行迹在别人看来是多么可疑后，就准备离开了。

"等一下。"我走之前摸了摸门把手，"沾点儿灵气。"

大家一听，都过来摸了摸，希望安徒生赐福，叫我们几个写书的玩设计的永远灵感泉涌。

四爷点评:

　　我觉得这才是你们旅行真正的重点,说得我也好想去摸一摸沾点灵气……不知道安徒生老先生故居的门把手,保不保佑拍电影的?(……够了!你还有一个作为作家的羞耻心吗导演!)

后山王子

文/琉玄

下了一周的雨终于停了，苏唯唯迫不及待地冲出家门，径直朝屋后的青山跑去，甚至顾不上抬头看一眼天空中罕见的双彩虹。

"唯唯？"奶奶趴在窗框上，冲她的背影叫道，"跑得比兔子都快！注意安全，晚饭前回来！"

六岁的苏唯唯并不好动，她喜欢看书和画画，大部分时间都待在家里。直到一个月前，她抱着画板去后山写生了一次后，竟天天用塑料篮子兜着一堆杂七杂八的废品外出，奶奶问她去哪儿？干吗呢？她就说约了小朋友在山里。

其实并没有什么小伙伴儿陪她玩儿，苏唯唯在以一己之力造小王国。

这座无名的山并不大也不高，但对于她来说就像一只托着绿城的大乌龟，时不时缓缓地挪动身子转圈圈，使她分不清楚东南西北，所以第一次去的时候迷路了。

　　她出山时走反了方向，见到山背后竟是一片波光粼粼的湖水。

　　太美了，就和苏唯唯在童话书里见过的画面一样，她决定在山脚建一座城堡。

　　最开始她想修得大一点儿，能让自己走进去那么大，但是太难了。在失败了几次后，她用石块和木头建了一座和自己一般高，有花园和阳台的三层小楼，因为弄不到油漆，她把自己全部的丙烯颜料都用来给它上色。

　　有了城堡就要有公主和王子，还要有仆人和卫兵，苏唯唯把自己的玩具全部放了进去，又用一截一截大小不一的树枝当小人儿，涂了绿颜料的是仆人，零散地插在城堡前的地面上，红颜料的是卫兵，排列整齐得像在巡逻。

　　她每天都来用小人儿们玩扮演游戏，直到被大人们阻止上山，因为接连

—— 171 ——

数日的瓢泼大雨让奶奶很担心她会在山里遇到泥石流。

　　苏唯唯急于察看自己的城堡有没有被暴雨毁坏，结果却看见了一座真正的城堡：方方正正的三层塔楼，石头底座，天蓝色外墙，红色屋顶，一个面朝湖泊的宽敞阳台从顶层房间里延伸出来，木质的护栏上还有金漆勾边。

　　曾经那副由自己搭出来的粗糙模样已不复存在，这座城堡精致得让苏唯唯看傻了眼，只可惜高度依旧只到她的下巴，不然她一定要推开那扇褐色的大门进去看看里面会有多金碧辉煌。

　　"我们都在等你！"一个只有食指那么高的小人来到阳台上，张开双手对苏唯唯喊道，"想要感谢你给的生命。"

　　她俯下身子一看，他就是她的王子。

·1·

　　在小学的毕业典礼上，十二岁的苏唯唯没有和身边大多数同学一样泣不成声，她最好的朋友小鸠哭丧着脸说："唯唯，我好难过，以后我们不能每天一起玩了。"

　　"你知道我住在哪里呀。"苏唯唯心不在焉地回答。

　　"你还说呢！"小鸠突然止住了哭，大声埋怨起来，"无论是周末还是寒假和暑假，我们从来就找不着你。"

　　"因为我要去上补习班，也是没办法的啊。"苏唯唯没有把"螺帽国"的存在告诉任何人，甚至是最亲密的奶奶。此时此刻，她嘴上安慰着小鸠，心思却已经飞去了后山。

　　在过去的每一天，只要她没有课业需要完成，就会争分夺秒地和海蓝他们一起度过。

她很害怕一旦有人发现了"螺帽国"，他们就会消失。

苏唯唯回家放下书包后立即转身出门，脚不停歇地翻过山头跑向山脚的城堡，她的身体在踏入花园大门的那一瞬间便缩小到只有成人手指那么大。

第一次受到王子和公主的进城邀请时，她因为不想一脚把花园踏平了而百般迟疑。如今早已驾轻就熟，只要迈开步子走进去就好了，就是这么神奇，和拥有了生命的玩具们一比较，也没什么大不了。

"下午好，唯唯殿下。"正在打扫的仆人们和巡逻的卫兵们毕恭毕敬地向她打招呼，不过因为它们都是树枝，弯腰的动作看起来并不明显。

"你们好。"她挥了挥手，因为没有看前面而一头撞进大臣的怀里。

　　大臣是一只比苏唯唯高半头的白色耗子，身上有一朵朵靛青色的花纹，因为它是她用青花瓷图案的手帕叠出来的。

　　"唉，即使快上中学了，殿下你还是这么鲁莽。"它的嗓音像老爷爷般低沉。

　　"帕帕，应该说'活泼'不是'鲁莽'，你还要再多看一些书哦。"苏唯唯笑嘻嘻地拍了拍它的肚子后绕过去，抬头喊，"海蓝！莓红！"

　　"是唯唯来了！"莓红兴奋地尖叫着，冲上阳台。即使过去了六年，她还是那么小小一只，踮起脚来也够不到护栏。每当她想知道花园里有什么情况时，只能蹲下来从圆柱木头的间隙中伸出满头红发的脑袋，她头也不回地冲屋子里喊："哥哥！唯唯来了。"

莓红是苏唯唯当时仅有的女孩儿娃娃，虽然只是挂在钥匙上的迷你布偶，但她还是非常喜欢，因为顶着火焰般蓬松卷发的她穿着桃粉色圆点的大裙子，总让她联想起自己最爱吃的草莓。

而王子的名字却是苏唯唯随意取的，因为最开始她并不是那么在乎他。

只是为了和公主凑对儿，苏唯唯在家里找了一圈，最后把一艘铁皮小船上的装饰小人儿拔了下来。因为是爸爸带回来的昂贵旅游纪念品，奶奶发现时还差点儿没把她揍一顿。

这个小人儿穿着蓝白相间的长袖衣服和白色裤子，苏唯唯为了让他看起来更像王子，剪了一小块红布围在他身上当披风，又在头上戴了一个金属螺帽当皇冠。

变成人的他看起来有二十岁出头，说自己是莓红的哥哥。

当时苏唯唯还表示抗议："不行，你们的生命是我给的，名字也是我取的，我打一开始就决定了你是王子，她是公主，你们是一对恋人呀。"

海蓝皱起眉头，为难地抚摸着只到自己膝盖那么高的莓红说："可她就是我妹妹啊。"

苏唯唯无奈地抬起头看看他，又低下头看看她，也觉得这样的差异实在不像一对儿——"好吧，等我另外给你找一个妻子。"她虽然还小，但并不无理取闹——

只是那之后她带了好几个漂亮的娃娃进宫殿来，却没有一个变成活生生的人。

事到如今——

一头金发的海蓝从屋里走出来，耀眼的阳光像是给他镀上了一顶光环，直到他趴在阳台围栏上俯身往下张望时，因为整张脸背光了，那张轮廓分明的脸才清晰起来。

他的湛蓝眼睛在与苏唯唯四目相对时笑得眯了起来，仿佛有海水要从他的眼角涌出来，瀑布般倾泻在她仰起来的脸上。

——真是太好了。

她想，还好自己没能给他找到一个妻子。虽然她还不知道自己是为什么感到庆幸，但每一次见到他，听他那暖融融的声音叫她"唯唯"时，她的心里就会有偷偷摸摸的声响，像是乱了节奏的鼓点：真是太好了。

· 2 ·

原本也没想过可以永远在一起，但也没想过具体会在哪一天分别。苏唯唯想，即使真要和海蓝他们说再见，那也应该会是很久之后吧，久到她已经从小学生变成了老奶奶。

十三岁的苏唯唯坐在海蓝的怀里哭，海蓝像哄婴儿般用一双长胳膊笼住她，轻轻摇晃。在数年前，她的体型也和莓红一般娇小，可以整个人团在这张温热的人形大椅子里睡觉。

可是现在，她长高了，双腿从他大腿上溜了出去，脚尖偶尔点着地面，

"不想搬家，我想永远和你们在一起。"她哭哭啼啼，"对，我才不要离开镇子，飞去那么远的地方和爸爸妈妈住在一起，就为了读个什么破贵族学校。"

"那就不回去了，和我们每天每分钟在一起。"海蓝调皮地笑起来，虽然有着大人的外貌，可他降临于世也不过才短短七年，实际心理比苏唯唯还

要更年幼。

　　所以总是这样，无论苏唯唯怎么闹情绪，到头来却又是她来给他讲道理："不行，那样奶奶会生气，其实她也不想我走，可是她为了我好也忍耐了寂寞，不可以辜负她。"

　　"那你去的地方离这里有多远？"趴在地上看书的莓红抬起头问她，"要翻过几座山？"

　　苏唯唯说："不知道有几座山，大约很多，因为我要坐飞机才能到。"

　　"飞机？"莓红兴奋起来，哗哗翻着书页举起来，指着上面的直升机图案问，"这样子？"

　　"比那个更大。"苏唯唯张开手臂，"明天我给你找一张飞机的照片，再拿多一些书来。"

　　"好，你要去的城市长什么样子？也拿一本介绍它的书过来。"莓红鼓起掌，"希望你能得到一只红色的猫头鹰，还会喷火，比投投更厉害。"

　　这些年里，苏唯唯拿了很多书给海蓝他们打发时间，因为他们也没有别的事情做，久而久之，她怀疑兄妹俩看的书比整个镇上的人看的都要多，在每一次考试前，博览群书的海蓝甚至可以为她补课。

　　只是他们看的书太多，有些分不清楚现实和虚幻。

　　"呃，外面的世界是没有魔法的，也没有投投那么大的猫头鹰。"苏唯唯回首看一眼正在壁炉前和帕帕打牌的投投，它的体型和牛差不多大，除了不会说话以外也具有人类的智商，它正用爪子抓出一张牌来扔在地面上，显然处于劣势的帕帕焦躁地捋着胡须。

　　莓红不服气地说："你又没去过多少地方，也许在很远很远，远到飞机也到不了的地方就有各种各样的魔法呢！"

　　"还没有飞机到不了的地方呢……"

　　"哼！"莓红合上书，站起来指着她说，"我生气了，不爱你了，长大了也不娶你了！"

　　"你本来就不能娶我，女孩子和女孩子不可以结婚。"苏唯唯顿了一下，挠挠脸说，"呃，有的地方可以，有的不可以。"

　　"看吧！你懂得其实也不多。"莓红得意起来，"而且我爱你，就可以结婚。"

　　"刚才你又说不爱我。"苏唯唯坏笑起来。

　　"啊——"莓红憋红了脸，跺了跺脚，"我才不爱你！"她抱着书气呼呼地走出门去。

　　苏唯唯被逗笑了，肩膀一抖一抖地差点儿没从海蓝腿上跌下来。

　　“我该回去了，奶奶今天包了梅菜包子。”她说完，咽了一口口水。

　　螺帽国里的大家是不吃东西的，所以每天的饭点儿是她对这片神奇土地最没有留恋的时候。

　　海蓝见她要走，双手稳稳地托住了她站起来说：“我送你。”

　　“咦？”苏唯唯见他抱着自己一直走向大门，笑着问，“你要这样一路抱着我送到家吗？”

　　海蓝看着她很认真地说：“是呀，不只送到家，我啊，还要抱着你翻过这座山，送你去新的学校，让你不用坐飞机，就可以去任何想去的地方，我会抱着你去。”

　　这当然是不可能的呀——

为了不让他有错误的知识，苏唯唯总会一板一眼地纠正，这回却没有接话。

她看着他头上金色的螺帽，在忽明忽暗的光线里泛着流水般波动的微光，像是有魔法在源源不断地翻涌，使他成为无所不能的王子。

苏唯唯突然挣扎着跳到地板上，边往门外跑边说："才不要你送，还有，以后也不要再抱抱了——"

海蓝一双手还悬在空中，一头雾水地歪着头问："为什么啊？"

"因为我长大了！"她说。

不过还没有长大到可以弄明白——

自己和海蓝亲近的时候，心里为什么一会儿快乐，一会儿又难过。

· 3 ·

在新城市里生活的苏唯唯，真的很不习惯在每个周末时见不到螺帽国的大家，虽然新结识的朋友们很友善，可他们没有帕帕那么酷的管家，也没有投投那么大的坐骑，即使他们会带她去城里最豪华的电影院，去郊外最大的游乐场。

她发了疯般地思念他们，当爸爸送了她一辆自行车时，她甚至一口气骑到了另一个城市，恨不能就这么骑着回到海蓝身边去。

终于盼到第一个暑假，即使没有父母的陪伴，她也坚持一个人乘飞机回到了镇上，当大人们感叹她有多喜爱奶奶时，苏唯唯悄悄红了脸。

她当然喜欢奶奶，也喜欢莓红，而自己对海蓝的喜欢，却是不同的。

苏唯唯穿着校服裙子走进宫殿时，见到任何时刻都容姿优雅的海蓝朝自己走过来，竟有种自己是穿着华服前来参加舞会的错觉。

"唯唯，你长高了。"海蓝欣喜地牵起她的手。

苏唯唯便顺势在原地转了一圈，差点儿以为自己要和他跳一支舞。

莓红扑过来抱住她的腿说："这条裙子好好看！"

"这是校服裙，我特意穿来给你们看的。"苏唯唯看向站在中央台阶上，有着金色大眼睛的猫头鹰问，"投投，好看吗？咦——帕帕呢？"

众人的眼神旋即黯下来，莓红哽咽着说："帕帕死了。"

在苏唯唯收拾了行李要搬去大城市的那一天，海蓝和莓红决定给她一个惊喜。他们要骑着帕帕翻过这座山去为她送行，这并不是多难的事情，因为苏唯唯说过，她和奶奶住在一栋蛋黄色墙面，屋顶种着花的小房子里，很显眼——事实上，也确实很好认——他们很快就见到了屋顶，上面种满了五颜六色的花草。

可是他们却没能抵达山脚下，因为动作迅捷的帕帕突然跌了一跤，爬起来一看，他的一条前腿变成了一块布，在大家还来不及反应时，睿智而稳重的帕帕不见了，只有一只手绢叠成的耗子静静地躺在草地上。

"看来，我们是不能离开这座山的。"海蓝忧郁地笑道。

"帕帕……"苏唯唯打开莓红小心翼翼递来的精致木盒子，里面是她当初亲手叠的手帕耗子。她张了张嘴却也没能说出来什么，最后只是抱着莓红哭起来。

· 4 ·

寒假的第一天，苏唯唯拖着行李箱来见海蓝，她红着脸说："我骗了奶

奶，说明天才会到，今晚想在这里睡。"

"好欸！我们一起睡，投投也一起。"莓红兴奋地扑过来，抱住她和他的腿。

"可是床太小了，投投应该睡不下。"海蓝很认真地皱起眉思索，"不过可以在床边铺一块暖和的地毯。"

他的脸越来越好看了，苏唯唯盯得走了神，但想想又觉得不对呀，海蓝的模样是不会变的，可能是她又长高了一点儿，所以距离他的下巴和耳廓，唇峰和鼻尖，睫毛和刘海又近了一点儿，看得愈是清楚了，愈是知道这世上不会有比他更美丽的存在了。她想，也许只有书上写的北极光才能和他比一

比。

　　夜里很冷，不过大得好像一条船的被子蓬松又暖和，苏唯唯失眠了，即使莓红睡在中间，可是海蓝就躺在她一伸手就能摸到的地方，她感觉他后背的温度像是河流，从床的那一边缓缓漫过来，浸湿了自己的后背。

　　窗外飘起了雪花，苏唯唯不想吵醒睡得很香的莓红，轻手轻脚地走去阳台。
　　海蓝也没有睡着，他张开双手用毛茸茸的厚实披风从苏唯唯身后裹住她，像一座为她抵挡风雪的温室。

"湖冻起来了。"苏唯唯指着远处暗蓝色的冰面说，"等春天来了，爸爸妈妈要带我坐六个小时的飞机，去另一个国家看海。"

"真好啊，可以见到海。"海蓝的声音消沉，"我看书上说，比湖要大要美。"

"嗯，肯定很美的，大约……就和你的眼睛一样。"即使会羞到爆炸，她还是决定说点儿真心话哄他，因为他的表情看起来太悲伤了。

可是他的嘴角只勾起了半秒便呈抛物线下坠，叹口气说："唯唯，你越来越远了。"

"我就在这里啊。"

"你只是现在和我们在一起，即使是这一分钟也已经和过去不一样了，我抱着站在这里的你，可你还是在很远的地方。"

苏唯唯想他一定是还未从失去帕帕的打击中振作过来，转过身去握住他的手，很严肃地说："我是不会消失的，你总能见到我，一切都和小时候一样，永远不会变。"他把视线别开，她便双手捧住他的脸强迫俩人四目相对，"我现在十五岁，要不了多久就要上高中，然后十八岁就是大人了，许多事情都可以自己做主。时间过得很快的，我会考附近的大学，尽可能多地陪你，而等到大学毕业之后，我就搬过来每天每一分钟都陪你，不走了，哪儿也不去。"

像是坚冰融化的过程，笑意在海蓝的脸上泛起了涟漪，他问："你是说要嫁给我吗？"

"啊？"苏唯唯一愣之后缩回手，有些结巴地回应，"我可没这么说，你又没亲过我……"

他俯身吻她的脸颊时，上扬的嘴角还来不及收敛，所以她感觉自己被月亮亲吻了。

苏唯唯满足得想从阳台上跳下去，堆几百个雪人来给自己降温，却还是

逞强般瞪着他。

海蓝那双刚刚还浓雾弥漫的眼睛，此刻清亮得像是暴雨过后的海面。

他伸出食指轻轻碰一碰她的嘴唇说："等你再长大一些。"

·5·

苏唯唯很快就长大了，她没想到从六岁到十八岁，原来只是不知不觉间走过一条巷子般简单，没有经历任何翻云覆雨的战事，也没有山呼海啸的变故，让她如梦初醒的只有书包换成了挎包，和耳垂上已经成形的耳洞。

她的朋友更多了，其中不乏追求者，当然没有一个男生比得上海蓝，不过有一个爱挽着袖子穿衬衫的男生还不错，他的头发是黑色的，眼睛是褐色，是在人海中不太出挑的样子，但是有耐心，很聪明，他们常常不知疲倦地聊天，从快餐店的新品聊到捷克的布拉格。

他没有海蓝那么高，也没有那么美，但他可以买一张火车票陪她去看海。

是有几次，苏唯唯差点儿动心，但她还记得与海蓝的约定，而且她知道只要一见到那双清澈的眼睛，就是天地再动摇，她也坚信他才是自己的王子。

可是再一次见到他，那双眼睛里却只有浓重的乌云紧贴着死寂的海面。

他第一次这么用力地抱她，却气若游丝地说话："唯唯，我不想放你走了。"她踮着脚，下巴压在他的肩膀上，看不见他的脸但能感受到他贴着自己的耳根滚烫——她猜他哭了，她的身体也跟着他颤抖起来——"莓红不在了，我不想一个人，求你别走。"

有一个捕鱼少年住在湖的那一头，为了躲避一场骤雨，他被小船送到了正在沿湖散步的莓红面前。

"那个孩子之后每一天都划着船过来，他们天天在一起。"海蓝垂首坐

在椅子里，一手托着头，一手牢牢抓着身边苏唯唯的手说，"最开始她很幸福很满足，后来却渐渐不笑了，好几个夜晚我撞见她在哭……"

莓红爱上了这个男孩儿，也同时预见了结局，他会长大，而她永远不会。

"她要跟着他离开城堡，我们为此大吵一架，这是我们第一次争吵，也是最后一次。"海蓝又红了眼圈，"她明明知道，她走出不了多远就会死。"

可是莓红说："活着又能怎样呢？在这座山里面住上一辈子，却连湖对面的镇子长什么样子也看不清楚。他会长大，会结婚，会生小孩，而即使我再爱他，却永远都是一个小孩！死了又会怎样呢？我要躲在船里跟他走，和他一起看镇子上的灯火越来越接近，看他的妈妈站在岸上叫他的名字然后给他一个拥抱。如果运气好，我也许能从那张臭臭的布里钻出来吓他们一跳，如果运气不好，在被港口的路灯照到皮肤之前，我就会变回一个布娃娃，虽然死去了，却也可能被他发现，然后挂在包上永远陪着他。"

她给了海蓝一个告别的拥抱后，坚持离去。

那天之后，少年曾几次前来询问莓红的去向，海蓝看见他的鱼篓背带上挂着红发的娃娃。

· 6 ·

十八岁那年与对自己依依不舍的海蓝艰难地道别之后，苏唯唯在十九岁时与他又见过两次，接着有三年没再去见他，并没有任何不可抗力，是她自己不愿去了。

和他在一起，她不再感觉放松得像是漂浮在海面。他逼得太紧了，即使大部分时间沉默无言，可是他的眼神却似一张网，沉重、复杂、令人窒息。

他太想把她锁在身边，当苏唯唯躺在他怀里时，她好害怕他的双手化成两道镣铐。

莓红走了之后，海蓝像个曾经走失的小孩，把苏唯唯当成了好不容易找回来的家，他时时刻刻紧贴着她，缠着她，使她不得不向奶奶撒谎说自己在朋友家过夜。

一晚又一晚，他用被子把两人裹紧，用头发磨蹭她的脸，请求她吻自己的额头。

"唯唯，留下来好吗？"他抓紧她的手，凝视着她说，"我好想你。"
"我在这里啊，就在你眼前。"她摸摸他的脸，"我会常常来看你。"
他悲伤地说："我好想你，不是见一面就可以不想你，不是牵着手，看着你的眼睛就可以不想你，即使我正牵着你的手，看着你、抱着你，我还是好想你。"

"现在还不行，等我长大好吗？如果我突然说不读书了不找工作了，奶奶会哭的，爸爸妈妈也会失望，等我长成一个独立的能为自己做主的大人……"

"嗯，那你快些长大。"海蓝笑得有些犹豫，他挪动胳膊让苏唯唯能枕在自己肩上。

苏唯唯认真地想过索性让那些试卷、人情，十二块一杯的奶茶和一千二百块的出租房全部滚蛋，她有海蓝就够了，而且还有这么大的城堡——

可是她却莫名心慌，好几个晚上从梦中惊醒过来，并不是噩梦，只是一些琐碎的日常。

她梦见课桌上发黄的参考书，学校对面墙上贴的补习班广告，便利店里的关东煮，电影院熄灯后见到前座在发亮的手机屏幕，还有那个挽着袖子的男生戴着的腕表，他胳膊上浅浅的一层绒毛，他说地中海是世上最美的海，什么时候一起去看看？

眼前的海蓝正在熟睡，即使距离近得能捕捉他每一次呼吸，她却从这张精致如瓷器的脸上找不到一丝成年人该有的细纹，而她笑起来的时候，眼尾的部位会挤出两条浅而短的线。

湖泊再美也没有海辽阔，她突然意识到自己有朝一日会老得直不起腰，却不能挽着永远年轻的他去看一次海。

隔日早晨，她向海蓝保证了下一次见面将会很快，便出逃般匆匆离去。

现在的苏唯唯已经二十三岁了。

她每天都让自己很忙，忙到没有空暇停下来哪怕一时片刻，她怕自己有

足够的时间想起海蓝，他一个人在硕大的城堡里看日月交替。

　　如果这一切都没有发生就好了——
　　如果年幼时的那一场暴雨，把自己搭起来的简陋城堡给彻底摧毁就好了——
　　他已经成为了她最沉重的秘密。

　　一想到自己将海蓝当成了负担，罪恶感仿佛滔天巨浪般把苏唯唯一而再地吞噬。

·7·

　　曾无数次闹着要搬去和奶奶同住的苏唯唯竟消停了三年，爸爸妈妈都疑

惑了，而奶奶更是以为自己和孙女有了隔阂，常常打电话来表达思念。

当苏唯唯再次回到了这片有海蓝存在的小镇上，没想到连空气里熟悉的气味也让她颤抖。

还好第一天下雨了，她以山路不好走替自己不去见海蓝找借口。那之后接连数日，雨越下越大，她坐在窗口，双手抱着胳膊，竟有种莫名的恐惧，因为声响和氛围都像极了儿时经历的那场暴雨。

雷电在阴沉的乌云下翻滚着冲她咆哮，雨珠拍打着玻璃狂躁地斥责她的无情。

也不是没想过去面对他，把自己的懦弱和顾虑一一摊开，也许会得到他的体谅，俩人抱着哭一哭，又能整理出一个完美的未来。

苏唯唯好几次拿着伞磨蹭着走到门口，就被奶奶以山里不安全为由劝了

回来。

　　大雨已经持续了七天，奶奶因为家里的储备不够而外出购物，苏唯唯再找不到任何理由不去见他，只是还没下楼就只听得轰隆巨响，脚下剧烈地摇了摇后，她便因为被倒下来的家具砸到头而昏了过去。

　　她清醒过来时眼前漆黑，不知道自己晕了多久，试着动了动四肢，上半身还好，有一条腿没了知觉，可能被什么压着了。
　　山崩吗？她惊慌地想，还好奶奶不在家。刚要松一口气，她想，海蓝呢？后山的小城堡会不会已经被泥石流淹没？她哭了。
　　是报应啊。她想，因为她暗暗地妄想过好多次，如果他不存在了就好。

　　等苏唯唯把身体里的水都哭干了时，眼前出现了光亮，骑着猫头鹰的王

子出现了。

　　"你疯了？"她嗓音干巴巴的，"如果我不在呢……"
　　"可是万一你在呢——"戴着螺帽的王子一把将她抱起来。
　　"不要走……"她虚弱地抓紧他的手，不愿让他独自去面对结局。
　　"你长大了，勇敢又坚强。"
　　他低头吻她干燥的嘴唇，那是微凉的、涌动的，使她想起第一次触摸海时感受到的温柔。

　　当她被奶奶焦急的声音从昏迷中唤醒时，自己正完好地躺在她怀里坐在地面上，远处有救援的人正奔过来。
　　她张开握得发疼的拳头一看，手心里躺着她的王子。

旅程随笔

文 / 琉玄

Torvehallerne 食品市场

　　虽然在这一趟行程中我们去过了许多设计展、博物馆和城堡，我感觉最好玩也最喜欢的应该是 Torvehallerne 食品市场。

　　当时是上午，冷得不行。

　　我还记得去年10月去意大利时天气预报显示的温度比今年8月的丹麦要冷得多，同伴们都带了毛衣甚至羽绒服在行李箱里，最后也没用上，走在大街小巷时，大家都热得恨不得穿短袖就好。

　　南欧地中海的暖阳给予的自信，使我们此刻穿着单薄的两件长袖在北欧冻得瑟瑟发抖。

就和许多农贸市场一样，这儿也是下午停止营业，因为到中午便差不多卖完了，果然全世界的买家都知道 Buy goods 要趁早。

所以这天我们也比平时起得要早一个小时，每个人都迷迷糊糊的，冷风也吹不醒，却在见到满山满谷的蔬菜水果时，一个个像是被鲜亮通红的西红柿迎面砸醒般，精神明显一振，眼睛亮了起来。

真漂亮啊，每个摊位都堆得要溢出来，辣椒、西蓝花、萝卜、橙子、蓝莓和苹果，还有姹紫嫣红的鲜花，应有尽有，绿是最翠的绿，红是最艳的红，全是它们该有的颜色，干干净净，泛着油亮的光。

落落小声尖叫着"真可爱"跑去和外形别致的牛奶车合影，安东尼也自顾自地在菜摊中穿梭，摸来摸去的考量样子仿佛今晚由他做饭似的。

陈晨靠到我身边问："好玩吗？"

"好玩极了。"我说。

他也同意："我也最喜欢逛每个城市里最生活化的地方了。"

"嗯，比给游客看的地方要好玩多了。"

好像这次出行，我大部分时间都在和陈晨聊天。

一般都是他发问，"好玩吗？""好吃吗？"

我回答，"好玩。""还行。""好吃。""一般。"

因为落落和安东尼走路太快了，两个高个子像两道龙卷风似的一眨眼就飞出了好远。

蔬果摆在室外，市场里面则更是一番天地，全是一家一家的私营小店，卖蜂蜜的，卖酒的，奶酪、巧克力、香肠……也不全是吃喝，还有护手霜，都是店家自产自销的，在任何超市里也买不到。

四处都有试吃，如果我空着肚子进来的话，出去时应该把一日三餐都解决了。

受到好几家店的老板热情邀请，我们肚子里有各种酒、芝士和巧克力，还有咖啡，他们真的是用一个小托盘不停地往你眼前送。

问他们这么好吃的食物为什么不开连锁店呢，他们都说不想赚钱，只是想做些好东西，所以开一家店就足够了。

我和陈晨被卖海鲜的摊位吸引了，在丝毫没有海腥味儿的明亮橱柜里是码放得整整齐齐、分门别类的鱼虾扇贝，里面的蟹腿比人的手臂还要长，大龙虾比小腿还要粗。

赵萌来找我们时也被红彤彤的虾壳勾起了胃口，忍不住去问接待方晚上在哪儿吃饭？能不能我们自己买些海鲜请厨房处理一下？——答案是：晚上吃什么已经定了，Sorry。

他遗憾地冲我们摇摇头，接着指向不远处的现烤比萨摊说："走，咱们吃那个去。"

于是我们吃了一张超好吃的烤土豆比萨，而落落和安东尼那两道龙卷风不知道上哪儿去了，可能正在某个酒摊上干杯。

坐在椅子上，我看了看相机，这个上午拍的照片比前几天加起来的全部还要多。

四爷点评：

正宗吃货，鉴定完毕。

这篇明显是充满了爱意写出来的。

我一直觉得琉玄的主业是吃货，副业是作家，兼职伪装美少年调戏妹子……

你们数数她微博上是晒吃的多还是讲写的多就知道了。我甚至怀疑她每天的工作是吃，吃，吃，吃的间隙才是写书。然后偶尔调戏妹子……

嗯，而且她还瘦得像一道闪电……

放少女们一条生路吧，玄玄！

哈姆雷特城堡

哈姆雷特城堡又名卡隆堡宫——这个哈姆雷特就是那个"生存还是毁灭"的哈姆雷特——

传说莎士比亚的这部文学巨著就是以这座城堡为背景写的，所以在城墙外有一座他的纪念浮雕像，实在是很小，没人提的话，我可能就目不斜视地走过去了。

城堡太大，我们拿到地图时摊开一看就知道今天不可能全部走遍，所以先挑最感兴趣的部分：地牢。

嗯，所有人最想看的是地牢，不知道是出于什么心理，也许因为这辈子没机会进去吧——这样说好么——总之欧洲古代的监狱，对许多人来说至少是罕见的。

我们一行人是你手搭我肩、我手搭你肩，这样串成一条队伍进的地牢——有点儿像小时候孩子们玩的乘巴士游戏——因为里面太黑了。

说是地牢，其实也是秘密的地下室，战争爆发的时候，国王可以经由卧室连接的密道从地底逃生，平时还可以储藏士兵和食物……这两大类放在一起说总觉得很奇怪，总之是用途多多又面积宽广的地下工程。

入口处有座硕大的石雕人像，是位名叫霍尔格的将军，他身穿战甲，双手搭在剑柄上，垂着头以坐姿入睡，一副有任何动静就会立刻站起来保家卫国的警备姿态。

灯光仅止于此了，往里走，越来越黑也越来越阴冷、狭窄，落落全程都在碎碎念："有点儿可怕啊……要不我们出去吧……"最后男生们也忍不住声音发颤地说："呃、呃、呃还是出去吧……"

说是监狱，其实就是石头墙石头地啊，没有床也没有厕所，一间间又矮又潮湿的牢房里光秃秃的什么也没有，一丝光也透不进来，阴风阵阵的。

据说历史上关进来的人，除了一名瑞典的牧师以外再无一人生还。

从地下上来时眼前一瞬间白花花的，让我想起一些说被关了好多年的囚犯重见天日时，被阳光刺瞎了眼睛的故事。

"巴士"解体后，我们几个人立刻走散了，一会儿不见了这个，一会儿不见了那个，几经"啊找到你了！""哦你在这里呢！"的走散、重组之后，回过神来，小西和安仔两个摄影师一直在跟拍我和落落，安东尼和陈晨彻底走丢，当然在他们的视角，大约是我们走丢了。

城堡里有无数珍贵的古代油画和挂毯，好东西太多，看久了我也分不出这幅的历史和那幅的价值了，转而去关注建筑结构，我很喜欢城堡里面的木质房间。

有一间无人驻足的白色空房似乎是观察敌情的瞭望室，四面都是半人高的大窗户，温柔的阳光落满了地板。

我站在中间张开双手说："要有一间这么大的房，也够我住了。"

落落迈出几步，笃定地说："肯定不够，这才15平方米吧。"

我说："你好厉害，测得这么准。"

她一甩头发说："那当然，看房，我有经验。"

那之后又去过几间没人的房间，她驾轻就熟地招呼道："来来，看看这间，观景房有没有！40平方米，在这片儿再找不到比这性价比更高的精品公寓了。信我没错，本公司明星中介。"

我们笑得停不下来，她真的是个好好玩的人。

四爷点评：

看这段的时候觉得，你们应该庆幸我没在，不然地牢里就不只"黑""阴冷""狭窄""走丢"的体验了，我可以一秒钟让你们以为自己进了鬼城——用我的尖叫……（去年我和几个朋友去了日本很有名的鬼屋之后，他们纷纷发誓以后死也不要跟我一起去鬼屋了——"四爷，鬼都被你叫得吓到了好吗？"我："……"）

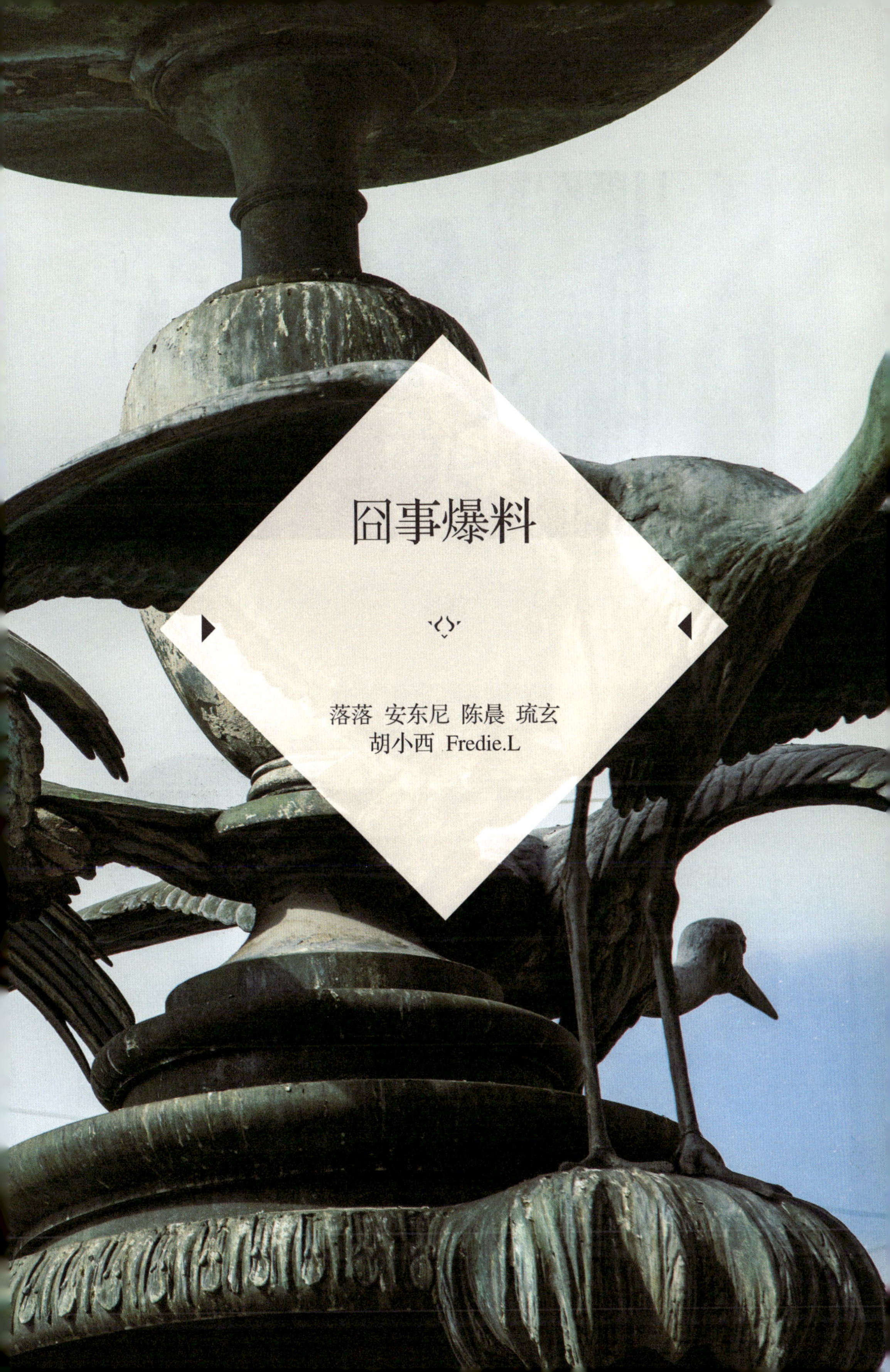

囧事爆料

落落 安东尼 陈晨 琉玄
胡小西 Fredie.L

落落

　　第一次和陈晨一起出游，发现他真是个异常好玩的"小妖精"！整个队列里到最后基本全靠我们俩的黄段子在活跃气氛——当然具体说了什么我也忘记了，就算记起来了也不会说的。

四爷点评：

　　……诚意呢？落姨……
　　我决定吐槽要吐得比落姨的这段话字数要多！（我到底在较什么劲儿……）
　　不过我觉得落落未必是忘记她讲过什么段子，而是，她讲段子的尺度真的极大，极大，能接住她段子的人放眼望去也只有我了（……）（这莫名升起的自豪感是怎么回事？）。所以就算她想起来且写了，编辑也不会让她过的……对，就是这么惨烈的尺度。
　　耶，字数超过你咯～（……）（……我到底在较什么劲儿……）

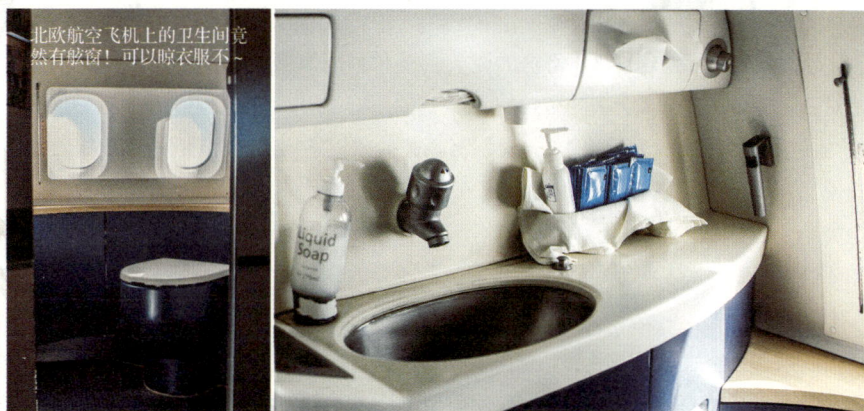

北欧航空飞机上的卫生间竟然有舷窗！可以晾衣服不～

安东尼

我们在机场准备登机的时候 被告知北欧航空给我们升舱了 如果没记错的话 北欧航空的商务舱休息室和东航是合用的 这是我去过最好的商务舱休息室之一 里面非常干净 设计也很现代 除了有很好的自助外还有厨师 在那里现炒 因为我们去机场很早所以大家在休息室里喝了很多东西 登机以后由于机场管制的原因 我们上飞机以后坐了很久都没有起飞 这时候陈晨和李安想要上厕所 李安问我这个时候能上厕所吗 因为广播说马上起飞 空姐也过来检查了安全带 我就和李安说 等飞机起飞后你再去吧 他说好 这时候空姐回去座位也系好了安全带 没过多久 飞机起飞了 升空的时候我旁边的李安和我说 他要憋不住了 还要多久啊 我说得飞到平流层吧 安全带的灯灭了以后才行 后来看他真的憋得难受 我探头打比画问空姐是否可以上厕所 空姐摇头说不行 让我坐好

这时候李安说他真的憋不住了 问我能不能过去帮他说说 我说我不好意思 再说现在我应该也不能离开座位的 他说再憋下去 可能就要尿出来了 我想这怎么办啊 忽然看到前面有一瓶矿泉水 我咕咚咕咚喝了一瓶 把空瓶递给他说 要么你尿这里好了反正旁边也没有人看到 他可能觉得我疯了吧 但是还是把空瓶子拿过去 以防万一 这时候我想到他一个瓶子也许不够尿的 于是把他座位前的矿泉水也一饮而尽 现在就有两个瓶子了

这时候他已经表现得很不舒适的样子了 这种情况如果发生在我自己身上的话 我绝对会尿在瓶子里也不会去问空姐的 因为真的不好意思 而且觉得自己不应该离开座位 但是看到李安那个样子我实在心疼 又不想他尿裤子 于是我松开安全带去空姐身边说 我有个朋友真的憋不住了 要尿出来了 让他上个厕所吧 空姐说不行 现在去很危险的 让我赶快回去坐好 还好我回去坐下不到一分钟 安全带指示灯灭了 这时候 李安和陈晨飞快地冲进了两个厕所 也算是虚惊一场

后来那个空姐过来服务餐饮的时候我和她道歉说 自己刚才不应该松安全带乱走的 实在是没有办法 她说没关系的 她理解 但也是为了安全考虑所以不行

北欧航空的商务舱 服务很好 除了正常餐饮 还有一个自助的区域 有饮料 点心和水果可以随时去拿 他们的餐具是丹麦的银器品牌 Georg Jensen 是我很喜欢的一个牌子

整个飞行时间比我想象的要短 非常地舒适

四爷点评：

……

……

……

……我不是在凑字数，我就是看得有点蒙……这种毫不留情地爆（别人的）料的同时还整个氛围写得这么闲云野鹤风轻云淡跟郊游似的的文风，真的也就尼尼写得出来了……别人写的话都会被揍的吧……尼尼，good job。

不过等等，这难道不是一篇北欧航空的软广吗？！尼尼，你老实交代，是不是跟哪个空姐（or 空少）好上了！

哥本哈根机场的中文标识。

北欧航空的机上读物。

陈晨

　　话说这次行程里，只有落落和琉玄两个女生。女生的世界我不懂，反正在我们这个男生团里，从浦东机场的免税店开始，就已经在讨论了"哪款眼霜好用""SK Ⅱ很好用"之类的话题。

　　到了哥本哈根之后，每天的行程都被安排得满满当当，仅有的一点点，也就一两个小时的空余时间，落落和琉玄都要求回酒店休息。我、李安、小西、安东尼四个人不约而同地达成一致——要去逛街。刚开始我还是很有自制力，当看到安东尼一直在试衣服的时候，我还在一旁翻白眼：难道这些牌子澳洲没有吗？但是渐渐地我也有点把持不住了……其间李安买了5本一模一样的笔记本，差不多要200多一本，结果他看成了20。最终在我的劝说下拿去退了。安东尼买了一件丹麦品牌的羽绒服，第二天我穿了一天，第三天他发现漏毛也拿去退了。我赶死赶活买了一件毛衣，试的时候觉得"不买是傻×"，回到酒店一试，袖子长到可以甩起来唱一出《西厢记》了。第二天也拿去退了。那天最后逛到天黑，商店全都关了（丹麦商店关得很早），一行人才决定回酒店，但似乎也什么都没有买到。还没走到马路上打车，突然下起倾盆大雨，一群人又尖叫着跑到餐厅门口躲雨。

　　这就是我们男生的世界，我也有点不懂了……

四爷点评：

看完这个爆料我只想清清嗓子问一声，你们出生证上的性别是不是应该换一换了朋友们……不过这个念头冒出来的一瞬间，我又感到了一阵心虚，因为平时我绝对是朋友当中的护肤达人，每次我看到他们不管男女都特喜欢端详着他们的脸掏心掏肺地给他们推荐好用的护肤品……好吧男生的心思你别猜猜来猜去也不明白（……）（完了这个歌词一出来我就知道暴露年龄了……）（"90后"的朋友们，答应我别去搜索歌词好吗？！答！应！我！）。不过看到他们悲催的购物经历我感到松了口气，因为我去的话我估计会在家具店里蹲一天吧……关键蹲一天如果买了要运回国内那也是够折腾的……（想象一下去旅行结果买了一个衣柜俩茶几仨椅子回来的话……也太不文艺青年了吧？！也太不"下一站"了吧？！可以改叫"一站〔累〕到死"）。嗯，考虑完这些，感觉自己仿佛已经在哥本哈根游（gou）玩（wu）了一圈，真是身临其境呢！（……）

琉玄

可以爆料的太多了，但择掉"尺度超过"的之后又好像没剩下几件（……）。

必须要说的是有天我们穿过一个公园出来时，看见了一块宣传舞台剧的广告牌，上面是一个健美的女舞者，头发飞扬的她扭着腰肢，摆出一手托着后脑勺一手指着前方的动作。

小西指着这张照片对站在不远处的陈晨说："少爷，那个舞蹈动作特别适合你。"

陈晨看了一眼，然后淡淡地说了一声："哦。"——接着，做出了一段异常流畅的动作——他双脚交叉转了一个圈来到我们面前，纤腰一扭后，一手托住后脑勺，一手翘着兰花指笔直地伸到我们眼皮子底下，冷冷一笑说："呵，穷人，来看看我刚做好的指甲。"

真正行云流水，一气呵成。

我们笑了好一会儿都停不下来，如此妖娆的画面，至今在我脑海里挥之不去。

现在打这一段，我还忍不住笑得抖肩膀。

安东尼在众目睽睽下做的扭曲瑜伽，和落落在狂风中化身柳树精的画面，都输了。

不过在某一顿晚餐时，大家几杯酒下肚，聊到"给一个亿，你也不愿意和他睡的人"这个话题时，他俩又妥妥地赢了一把，不过他们说的是谁来着，我现在已经忘了，别问。

四爷点评：

　　我赌五毛钱（……），你绝对没忘。来来来私聊告诉我，我绝对不告诉他俩你告诉了我（……这种登在书上的保证真是明目张胆到爽快！）（落落＆安东尼：我们的秘密就只值五毛钱？！）

　　不过说到陈晨刚做好的指甲（……），我倒不觉得意外，因为我很早就发现这个男孩对做指甲爱得深沉（……）。去年TN3总决赛的时候，很多最世作者都出席了，到最后给冠军颁发100万打造计划奖金的时候，坐在台下的陈晨一边像女孩子刚涂完指甲油一样娴熟地甩动手指甲，一边掏心掏肺地说："我有这个奖金的话，开个美甲店也是极好的。"……当时坐在他旁边的众多作者都看着他，很久很久没有说话……好在大家都是见过世面的人，等反应过来以后，都纷纷表示要是美甲店开起来一定去支持陈晨的生意。

　　所以，陈晨对美甲是有执念的，虽然表面上他是一个干干净净不施粉黛（……）的男孩，但是谁知道他家里是不是收藏有二十四色闪光指甲油呢？（……）我觉得，明年陈晨生日，是送他一套限量版指甲油，还是送他一整套美甲保养呢？四爷我陷入了沉思……

胡小西

　　和安东尼一起旅行是一件很美妙的事情。

　　他不会嫌麻烦，并且鼓励你尝试新鲜事物。当你不知道吃饭该点什么的时候，他会仔细给你介绍英文菜单上写了什么；当你在服装店对着一件衣服犹豫不决的时候，他已经帮你喊了服务生过来取下模特身上的衣服让你试穿；当你还在酒店床上呼呼大睡的时候，他已经晨跑到酒店后的小山坡上去了。

　　这次在哥本哈根市中心，逛到一家手表店，楼上专卖二手古董饰品。安东尼在楼下挑好手表之后，就领着大家到楼上看一看，然后他就看中了一个银镯子，据戴着白手套的中年绅士服务生介绍，是一位皇室贵族佩戴过的古董饰品。安东尼戴上之后爱不释手，不停问我和安仔好不好看，我们一致认为看起来是还不错，但做工挺简单的，也不知年代是不是这么久远，而且我觉得如果犹豫了，那就不用买了。安东尼听了我们的意见之后，又问绅士店员，店员自然是一番美言，于是安东尼就说我要了，并且去楼下退了前面挑选好的手表……接下来的这一路上，不管穿什么衣服安东尼都戴着这个银镯。衬衫西装银镯子，休闲外套银镯子，绿色棉衣银镯子……后来落落就直接喊他"银镯男子"了……最后，安东尼戴着银镯子，在皇宫面前摆了一个"掰腿展翅"的瑜伽动作。看起来还挺和谐的。

Fredie.L

　　同行的萌总是个绝对中餐拥护者，每次"下一站"都能以最快的速度找到当地地道的中国菜。

　　这次也不例外，在第一天落地去找寻晚餐的时候就嚷着要吃中国菜的萌总在遭遇无数次拒绝之后，终于在某天行程里中午的自由活动时间，以迅雷不及掩耳之势一个人消失在了茫茫人海。

　　等到下午大家相约在 Tivoli 游乐场门口集合的时候，大老远就看到萌总提着一个纸袋心满意足地朝我们走来，纸袋里装的是他中午打包的水煮牛肉。因为我们几个人把自由活动时间都花在逛街购物上没有来得及吃午饭，所以本来没有这么想要吃中餐的我们，看到萌总纸袋里满满一盒的水煮牛肉，也按捺不住心中的激动，抢过萌总的牛肉之后就狼狈地在公园门口吃了起来……现在仔细回想起来，在游乐场门口吃水煮牛肉也真的可以排到人生十大奇葩场面排行榜之一了。

L093

L099

哥本哈根皮草体现了丹麦的超凡设计理念。

求关注！

关注北欧航空微信&微博，
了解更多北欧航空促销信息
和北欧的旅游资讯

北欧航空　　北欧航空

SAS

特别感谢   THANKS

哥本哈根旅游局

北欧航空

丹麦旅游局

斯堪的纳维亚旅游局

元驰（上海）文化传播有限公司

出版社／长江文艺出版社
出品／上海最世文化发展有限公司
官方网站／www.zuibook.com
平台支持／ 最小阅 ZUI Factor

下一站·哥本哈根

ZUI Book
CAST

作者 落落 安东尼 陈晨 琉玄

出品人 郭敬明
选题出品 金丽红 黎波
项目统筹 阿亮 痕痕
责任编辑 赵萌
助理编辑 周子琦
特约编辑 三禾
责任印制 张志杰

装帧设计 ZUI Factor www.zuifactor.com
封面设计 胡小西
全程摄影 胡小西 Fredlie.L
内页设计 鹿子

2015年1-2月上海最世文化发展有限公司畅销书排行榜
| TOP25 |

排名	书名	作者
1	南方有令秧	笛安
2	尔本	安东尼
3	幻城	郭敬明
4	临界·爵迹 II	郭敬明
5	红——陪安东尼度过漫长岁月 I	安东尼
6	19	落落 主编
7	悲伤逆流成河（新版）	郭敬明
8	告别天堂（新版）	笛安
9	临界·爵迹 I	郭敬明
10	西决	笛安
11	小时代3.0刺金时代（修订本）	郭敬明
12	黄——陪安东尼度过漫长岁月 III	安东尼
13	夏至未至	郭敬明
14	有生之年	落落
15	北京人在北京	琉玄
16	你在世界的每一处	陈晨
17	南音（上）	笛安
18	狂热 I·侵袭	迪·舒尔曼
19	狂热 II·蜕变	迪·舒尔曼
20	狂热 III·失控	迪·舒尔曼
21	这些 都是你给我的爱	安东尼 echo
22	公主别醒来	疏星
23	掠食城市 IV·黑暗平原	菲利普·瑞弗
24	十字弓·亡者归来	恒殊
25	东霓	笛安

www.zuibook.com

ZUI
Zestful Unique Ideal

图书在版编目（CIP）数据

下一站·哥本哈根 / 落落等著. -- 武汉：长江文艺出版社，2015.5
ISBN 978-7-5354-7904-4

Ⅰ.①下… Ⅱ.①落… Ⅲ. ①散文集—中国—当代 Ⅳ.① I267

中国版本图书馆 CIP 数据核字（2015）第 050027 号

下一站·哥本哈根

落落 安东尼 陈晨 琉玄 著

出 品 人丨郭敬明	责任编辑丨赵萌	装帧设计丨ZUI Factor	内页设计丨鹿 子
选题策划丨金丽红 / 黎波	助理编辑丨周子琦	封面设计丨胡小西	媒体运营丨李楚翘
项目统筹丨阿亮 / 痕痕	特约编辑丨三禾	全程摄影丨胡小西 / Fredie.L	责任印制丨张志杰

出版丨长江出版传媒 长江文艺出版社
电话丨027-87679310　　　　　　　　　　传真丨027-87679300
地址丨湖北省武汉市雄楚大街 268 号湖北出版文化城 B 座 9-11 楼　　　邮编丨430070
发行丨北京长江新世纪文化传媒有限公司
电话丨010-58678881　　　　　　　　　　传真丨010-58677346
地址丨北京市朝阳区曙光西里甲 6 号时间国际大厦 A 座 1905 室　　　邮编丨100028
印刷丨北京尚唐印刷包装有限公司
开本丨710×1000 毫米　1/16　　　　　　印张丨15
版次丨2015 年 5 月第 1 版　　　　　　　印次丨2015 年 5 月第 1 次印刷
字数丨160 千字
定价丨32.80 元